똥 볼 새내기의
GOAL 때리는 하이킥

똥 볼 새내기의
GOAL 때리는 하이킥

옹골찬 골잡이 / 박주광 지음

First Goal is Golden Goal

도서출판 더 로드
The Road Books

First Goal is Golden Goal

6G 시대를 눈앞에 두고 있는 지금, 뜬금없이 'GOAL'에 관한 이야기를 하고자 하는 이유는 왜일까? 당신에게 다음의 질문을 던지면 쉽게 답을 찾을 수 있다. 당신의 인생에서 Goal을 때렸던 경험은 얼마나 있는가? 그럼, 지금까지 당신의 인생에서 환희로 가득했던 First Goal은 무엇인가? 당신의 Golden Goal은 무엇인가? 아니, 당신의 Golden Goal이 무엇인지 진지하게 고민이라도 해본 적은 있는가? 당황스러운가? 그래서 'GOAL'에 관한 이야기를 하고자 하는 것이다.

이 책은 자신의 포지션과 목표를 찾을 새 없이 누구보다 최선을 다해 오늘을 살아가고 있는 젊은이들과 직장인들을 위한 GOAL

때리는 이야기다. 책 속의 주인공은 독자의 어제를 돌아보며, 오늘을 둘러보고, 내일을 내다보는 GOAL 때리는 경험으로 안내할 것이다. 그 경험은 유랑과 방황의 그 어디쯤에서 오늘을 살아가는 젊은이들에게 골몰하고, 골격을 갖추고, 골을 때려 골인시키고, 결국에는 골든골을 이루는 법칙에 대한 지침서가 될 것이다.

책 속의 주인공인 평범한 회사원 박하수가 성공을 위해 뛰고 달리는 모습에 쉽게 동화될 것이다. 시골 출신에 지방대를 졸업한 중소기업 직장인 박하수는 어쩌면 수저 타령을 해대는 우리와 다를 바가 없기 때문이다. 또한, 새로운 세상에 첫걸음을 내딛는 젊은 청춘들의 열정과 패기의 기록이기도 하기 때문이다. 그래서인지 박하수가 현실적 난관과 위기를 상쾌하고, 통쾌하게 헤쳐 나가는 모습에서 우리들의 젊은 자화상과 마주하게 될 것이다.

이 책 속의 'Golden Goal'은 자신의 성공에 대한 목표이자 생존의 가치다. 이러한 골든골을 이루기 위해서는 그 시작인 첫 번째 골이 중요하다. 시작이 반이듯 퍼스트 골이 골든골인 셈이다. 따라서 자신의 퍼스트 골을 찾아 골백번 골을 때리면 누구나 골든골의 주인공이 될 수 있다. 인생의 녹색 그라운드 위의 주인공은 바로 당신이다. 그렇다면 어떻게 나만의 퍼스트 골을 찾아 골든골을 이룰 수 있을까?

골든골을 향해 한 계단 한 계단 나아가는 박하수의 모습을 보며, 당신도 위풍당당하게 뛰고 달리면서 당신만의 First Goal을 터뜨려 보자. 누구나 골든골을 이루고자 인생을 살아가지만, 결국 골을 잘 때리는 이가 '황금 골'을 넣을 것이다. 부디 이 책이 당신의 First Goal을 찾아 인생의 Golden Goal을 이루는 로드맵이 되길 바란다. 또한, 철옹성 같은 현실 앞에서 나만의 골을 드러내지 못하고 숨죽이며 살아가는 당신에게 이 책을 읽는 동안만큼은 위로와 희망이 되기를 바란다.

"성공은 절대 먼저 다가오지 않는다.
당신이 항상 다가가야 한다!"

-옹골찬 골잡이 / 박 주 광-

contents

첫 번째 이야기

똥 볼의 흙수저
새내기

01

출근길, 스타트 라인

있는 힘껏 달려라! 박하수

번잡한 아침 출근길, 신도림역 환승 통로에 교차하는 사람의 무리 속으로 부스스한 몰골의 박하수가 정신없이 달려가고 있다. 중저가의 양복 속 와이셔츠는 잔뜩 주름져 있고, 넥타이는 댕강 매달려 좌우로 춤을 춘다. 급한 걸음걸이 때문에 왼쪽 어깨에서 대각선으로 맨 가방도 덜렁대며 리듬감 있게 오른쪽 엉덩이와 맞부딪치고 있다.

계단을 내려가는 하수와 반대편으로 줄지어 오르는 사람들의 얼굴은 하나같이 무표정으로 일관되어 있다. 매일 같이 지루하게 반복되는 일상에서 사람들은 비슷한 삶과 표정으로 살아가고 있다. 남자들의 표정은 마치 흑백영화에서나 보는 듯한 딱딱한 표정이고, 여자들 역시 거의 비슷한 화장법으로 인해 마치 복제된 인간들이 줄을 지어 컨베이어 벨트를 타고 오르내리는 모습이다. 저마다 자기의 개성을 뽐내는 부캐시대라고 하는데, 아이러니하게도 사람들은 자기도 모르게 나만의 특별함과 개성을 모두 잃어버린 듯 비슷한 모습으로 살아가고 있다. 어쩌면 현대인은 아무도 눈치채지 못하게 아주 천천히 통제된 시스템과 사회라는 제도와 법규 안에서 획일화되고, 마침내는 점점 규격화되어 가는 것인지도 모른다. 차도남, 차도녀라는 신조어가 한동안 유행을 하던 때가 있었다. 친절하지 않은 도시인의 무감각하고 무표정한 모습을 빗댄 말이다. 그런데도 사람들은 오히려 규격화되지 않음을 불안해하며 감각을 상실한 사람의 표정을 즐기는 듯하다.

9시가 가까워지면서 출근 시간에 늦은 사람들은 마치 단거리 육상선수와 같은 모습으로 허겁지겁 계단을 뛰고 달린다. 지하철 출입문을 향해 달리는 모습은 영락없이 트랙을 달리는 단거리 육상선수와 같이 긴장되어 있고, 호흡은 가쁘다. 현대사회라는 트랙을 달리는 직장인에겐 속도가 곧 경쟁력인 시대다. 현대인은 5G 시대를 넘어 6G(5G보다 50배 빠른 데이트 전송 기술)급 속도를 앞세워 경쟁자를 추월하며 도시의 트랙을 분주히 달리고 있다.

숨 가쁜, 기가의 시대

이 시대 직장인의 최고 전략 중 하나는 바로 속도이다. 빠른 스피드 전략이 세상을 지배하기 시작한 것은 어제오늘의 일도 아니다. '빨리빨리'라는 말은 이미 오래전의 낡은 용어로, 바야흐로 옛 시대의 '총알 탄 사나이'의 전성기도 끝났다. 이미 '빨리빨리'의 기치를 앞세운 대한민국의 현재는 기가의 시대를 넘어 테라급 속도로 진입한 지 오래다. 이제 스피드를 지닌 유형의 인간이 스타가 되고, 맹위를 떨치고, 생존하는 시대인 것이다. 그 때문에 현대 사회라는 시스템 안에서 가장 주목받는 전략과 전술이 스피드임을 부인할 수 없다. 누가 얼마나 빠르냐에 따라 골든골을 쟁취할 기회가 더 많이 주어지는 시대인 것이다.

'성수, 성수행 열차가 들어오고 있습니다.'

스피드를 상징하는 도시형 순환 지하철이 허겁지겁 한 바퀴를 돌아 다시 정거장에 멈추어 서자, 거대한 무리의 사람들이 쏟아져 내리고 다시 오르기를 반복한다. 출근 시간대의 지하철은 거대한 컨베이어 플랫폼의 모습과 다름이 없다. 순환형 도심의 플랫폼에서 규격화된 인간들이 줄을 지어 이동하는 모습은 가히 경이롭다. 어쩌면 불가사의한 시대의 풍경으로 기록될 수 있을 것이다.

'빠앙~ 빠아앙~. 츠츠~츠 츠츠~ 츠츠~'

지하철이 미끄러지듯 들어오며 울리는 안내방송은 누군가에게는 출발을 알리는 신호음으로, 또 누군가에게는 마치 '제대로 살아가고 있는가'라며 혀끝을 차는 선지자의 목소리 같이 들린다.

'츠츠츠. 쯧쯧쯔 ~ 우리는 어디에서 와서 어디로 가고 있는가?'

열차가 도착하자, 줄을 지어 서 있던 행렬은 한순간에 와르르 무너진다. 전혀 서두를 필요가 없다는 듯 슬라이드 문이 매우 슬로우하게 열린다. 하지만 사람들은 마치 야구선수가 홈 베이스로 슬라이딩하듯 온몸을 던지며 앞을 서로 다툰다. 출(out)하려는 무리와 인(in)하려는 무리의 힘겨루기는 마치 거대한 동아줄을 잡고 줄다리기하는 모습과 같다. 밖으로 쏟아지는 사람들과 안으로 들어가려는 사람들의 사이에서 힘겨루기가 시작되는 순간, 이미 지하철은 아수라의 지옥철로 변한다. 힘의 균형은 순간이다. 누군가 숨을 쉬는 순간, 패배는 자명해지고, 무리는 쓰러질지도 모른다.

"열차 출발하겠습니다. 열차 출발하겠습니다. 다음 열차를 이용해 주시기 바랍니다."란 안내방송이 들리자 여기저기서 단말마와 같은 불평불만과 신음이 쏟아진다. "전쟁터도 아니고. 그만 좀 밀어요. 아~ 내리고 타야지." 출구로 나서는 사람들의 불만이 가득한 목소리도 들려온다. 삶의 전장으로 나서기 위해서는 지옥철을 타는 수밖에 없다.

스르르 스르르, 슬로우 슬로우. 천천히 천천히. 츠츠츠. 츠츠츠.

하루라는 삶의 밥벌이를 위해 달려가는 사람들 속에 하수도 섞여 있다. 한 무리의 사람들을 구겨 넣은 지하철은 이미 발 디딜 틈도 없이 가득 차 있다. 마치 전장으로 떠나는 수송 차량에 올라탄 듯한 모습이다. 전동차에는 긴장감이 가득하고, 가쁜 호흡소리와 여리고 가녀린 신음도 배어 나온다. 스르르 슬라이드 문이 닫히자, 센스 만점의 기사는 전동차를 앞뒤로 한두 번 흔들며 출발한다. 콩나물시루처럼 가득 찬 사람들을 차곡차곡 싣는 나름의 노하우로 사람들을 구겨 넣기엔 최상의 방법일 것이다.

삶의 전장으로 나가는 사람들을 구겨 실은 지하철이 천천히 움직인다. 하수는 바로 앞의 차도녀와 몸을 밀착하지 않으려 살짝 비켜선 채로 다리에 힘을 준다. 가방을 앞으로 메는 방법도 잊지 않는다. 자칫 방심하면 지하철 타는 법을 제대로 숙지하지 못한 부적절하고 몰상식한 탈사회적 인간으로 한순간에 전락할 수도 있다. 출근길의 지하철에서 지켜야 할 첫 번째 직장인의 태도 중 하나이다.

'발끝에 힘을 주고 최소한의 영역을 확보하라.

호흡을 멈추고 가늘고 긴 호흡을 하라. 가늘고 길게……'

대한민국에서 봉급쟁이로 살아가기

회사에 도착하면 출근 10분 전쯤이 될 것이다. 하수는 어제 너무 과음했다. 늦지는 않겠지만, 총무팀 고 부장의 잔소리는 각오해야 한다.

"아니, 직장이 놀이텁니까? 직장인이 아무리 늦어도 30분 전에는 출근해야지. 이런 정신으로 어디 직장생활 제대로 할 수 있겠어요? 일찍 일어나는 새가 먹이를 찾는 게 변하지 않는 동서고금의 진리란 걸 몰라요?"

그렇게 시작된 고 부장의 잔소리는 다른 직원들이 모두 업무를 시작하고도 한참이나 이어지는 게 다반사였다.

"샐러리맨의 뜻이 뭔지 알아요? 영어로 샐러리맨(salary man), 우리말로 월급쟁이입니다. 샐러리맨은 봉급에 의존해서 생계를 꾸려 나가는, 다시 말해 남의 수고로 밥벌이하며 사는 사람입니다. 그래서 봉급생활자인 우리가 제일 중요하게 여겨야 할 것 중 가장 기본이 바로 근로 시간 엄수란 말이에요. 노동을 약속한 시각은 반드시 지켜야죠. 9시까지 출근해서, 6시까지 죽도록 최선을 다해야 하는 것이 우리 샐러리맨의 의무이자 사명이에요. 지금부터 준비하면 9시가 훌쩍 넘을 텐데. 그러면 이미 약속을 어긴 거나 마찬가지 아닙니까? 일찍 좀 다니세요. 앞으로 지켜보겠습니다."

지각하면 누구나 명심보감 글귀를 들을 각오를 해야만 한다. 벌써 격언, 고사성어, 지식백과사전을 그대로 인용하는 총무팀 고대로 부장의 목소리가 귓전에 들려오는 듯하다. 작은 키와 다소 왜소한 체형, 구불구불한 곱슬머리, 크고 둥그런 뿔테 안경을 쓴, 고대로 부장은 마치 아주 오래된 만화에서나 나올 듯한 모습이다. 고 부장은 고대로란 이름처럼 직장생활의 기본을 그대로 실천하는 규범적인 사람이다. 오직 성실과 근면을 인생 제1의 가치관으로 살아가는 스탠다드한 직장인의 전형적인 모델이다. 그는 30분 전에 출근해 퇴근 전까지 정확하게 자신의 일과를 모두 마쳐야만 성이 차는 인간으로, 오직 열과 성을 다해 '직장은 내 삶의 터전'이라는 일념으로 살아가고 있는 '명심보감 형 인간'이자 'FM 직장인'이다.

지난주에도 분명 8시 50분. 출근 시간보다 10분 일찍 회사까지 달려가 골인했는데도, 10분 넘게 잔소리를 들었다. 고대로 부장은 FM이란 그의 별명처럼 무엇이든 원칙과 기본을 강조하는 스타일이다. 직장인의 매뉴얼을 정확히 준수하고 있으며, 그러한 성품 덕에 그는 회사의 총무와 관리 부문에 적임자로 10년 근속 표창을 받은 인물이다. 사장님의 총애를 받는 그는 작은 중소기업의 살림과 직원들의 일거수일투족을 꿰뚫고 있었다. 마치 야구 경기에서 그라운드를 한눈에 살피는 포수처럼 넓은 시야와 정확한 안목을 지니고 있었다.

"9시까지 출근인데, 30분 일찍 도착하라는 건 또 뭐야? 차라리 8시 30분으로 출근 시간을 바꾸든지. 안 그래? 그리고 고 부장이 몰라서 하는 말인데, 샐러리맨은 일본식 영어표현이야. 샐러리맨이라는 말은 영어권에서는 잘 안 써. 봉급쟁이의 영어 표현은 오피스 워커(office worker)지. 샐러리라는 말은 옛날 로마 병사들이 봉급(salarium)으로 소금(salt)을 받았는데, 그 샐러리가 봉급으로 변해온 거지. 어쩌면 우리 같은 샐러리맨의 월급이 소금만큼 짠 이유가 바로 그 때문이라 할 수 있지. 캬캬."

맞은편 책상에 앉은 영업팀의 여유만 과장의 목소리도 들려온다. 하수 역시 여 과장과 같은 마음이지만, 한 번도 입 밖으로 뱉어본 적은 없다. 여유만 과장은 여유만만하게 고 부장이 보란 듯이 몸을 틀어 하수에게 말을 던진다. 여유만 과장의 행동은 하수에게 하는 것이 아니라 포수인 고 부장에게 들으라는 것처럼 보였다.

"사는 게 뭐 별건가? 인생을 좀 여유롭게 살면 안 되나? 어차피 한번 사는 인생인데, 왜 우리가 허구한 날 시간에 쫓겨 살아야 하느냐고? 여유만만하게 살면 어디가 덧나나?"

고 부장의 훈계가 끝나자, 하수는 커피 한잔하자는 여 과장의 눈짓을 따라 가방을 내려놓고 휴게실로 향했다. 휴게실에는 여 과장과 하수뿐이었다. 여 과장은 하수의 어깨를 툭툭 치며 말을 이었다.

"하루라도 잔소리를 안 하면 좀이 쑤셔서 그래. 습관이야, 습관. 별거 아니니까 신경 쓰지 마. 난 도대체 고 부장님 머리카락이 왜 곱슬머리인지가 궁금해. 저런 대쪽 같은 성격이면, 머리도 직모여야 할 텐데 말이야. 캬캬캬. 뭐든 반듯하게 모범적으로 사는 것만 정답인가? 우리 같은 샐러리맨의 서글픈 얘긴데. 샐러리맨들은 기본적으로 출근 공포증이 있기 마련이야. 심리학적으로 출근 거부증이란 것이 있는데, 이유도 없이 회사에 가기 싫어지는 증상이나, 지금의 일이 자기 적성에 맞지 않는다는 생각이 심해지면 누구나 그렇게 될 수 있다는 거야. 또 막중한 과제를 달성할 수 없다고 판단되는 경우나 업무의 압박으로 스트레스가 심할 경우 심장이 심하게 두근거리고 과민성 대장 증상 등이 나타나기도 하고 말이야. 저렇게 넘치는 에너지로 이래저래 스트레스에 파묻혀 사는 우리 샐러리맨들을 위한 근본적인 대책이나 마련해 주면 얼마나

좋아? 그나저나 어제 너무 많이 마셨나? 너무 달리긴 달렸지? 그
럼, 나부터 나의 대장성 과민증상을 보상해 줘야겠어. 캬캬."

여 과장은 배를 움켜쥐고 하수에게 찡긋 윙크하고는 화장실로
달렸다. 하수는 둥글둥글한 여 과장의 뒷모습을 보면서 웃음을 지
었다.

영업팀 여유만 과장은 요즘 힐링 코드에 빠져 있다고 했다. 몇
해 전부터 명상을 즐기더니, 작년부턴 틈만 나면 산사를 찾는다고
공장장이 귀띔해 주었다. 지난 휴가 때에는 아예 산사에서 머물다
오는 템플스테이도 다녀왔다고 했다.

그러고 보면 요사이 부쩍 수행이니, 화두니 하는 불교 용어를
많이 쓰고, 간혹 책상에 가만히 앉아 마치 수행자처럼 눈을 감고
있기도 하였다.

"백 년도 못 사는 우리가 왜 정신을 놓고 살아가야 해? 요즘이야
말로 절실하게 철학이 필요한 시대야. 오늘을 사는 우리 직장인들
에게 철학이 없는 것처럼 안타까운 일이 또 있을까? 안 그래? 하
수 씨. 우리가 진정 고민해야 할 화두가 뭐냐 말이지. 나는 인문과
철학만이 우리 샐러리맨의 삶을 구원할 수 있다고 생각해."

여 과장의 말에 하수는 언제가 책으로 본 인도의 세계적인 지성으로 일컬어지던 지두 크리슈나무르티(Jiddu Krishnamurti, 1895. 5. 12. ~ 1986. 2. 17.)가 생각났다. 그는 인도 출신의 철학가이며 명상가로 당대에서 가장 존망을 받던 스승이었다. 하지만 그는 세계의 스승이라는 미래가 보장된 길을 접고 방향을 바꾼다. 이후 그는 권위자로서의 가르침이 아닌, 삶의 근원적인 질문을 던지는 관찰자로서 평생을 바친다. 그는 어떠한 계급, 국적, 종교 그리고 전통에도 얽매이지 말라고 말하며, 학습된 정신이 가져온 파괴적 한계로부터 인류를 완벽히 자유롭게 해방시키고자 했다.

하수는 책의 제목은 정확히 기억나지 않았지만, 여 과장이 눈을 감고 명상하는 모습을 보며 잠시 책의 내용을 떠올렸다. 책의 내용은 바쁘게 살아가는 현대인에게 진정으로 자유로운 삶을 묻는 것이었다. 크리슈나무르티는 삶의 진실에 목말라하는 현대인들에게 내면 성찰의 계기를 전하고자 했다. 그는 본래의 '나를 마주하는 법'과 좀 더 '자유롭게 살아가는 삶'에 대해 말했는데, 그 중심에는 침묵과 고요를 통한 자기관찰, 즉 명상의 수련법이 담겨 있었다. 하수는 언젠가 친구 용원이와 인도여행을 다녀온 후, 생각에 집중하는 법과 명상, 자기관찰 등에 관심이 많아졌다. 그래서 책을 읽고 한동안 '내면 탐구를 위한 명상법'을 몸에 익히기 위해 아침 명상을 해본 적도 있었다. 취업 준비에 스트레스가 심해져 정신을 집중할 요량이었다.

'그대는 눈을 감고 아주 조용히 앉아 자기의 생각이 어떻게 움직이는지를 지켜본 적이 있는가?'

크리슈나무르티는 홀로 나무 그늘이나 강둑 등 자연 안에 들어 앉아 자기의 이성이 어떻게 움직이는지를 조용히 관찰하라고 말했다. 그는 누구나 일상의 관찰을 통하여 자기 스스로가 느끼는 예민한 인식만이 자신을 변화시키고, 진실을 깨우칠 수 있다고 하였다. 여 과장은 요즘 틈만 나면 그와 비슷한 말들을 자주 늘어놓고 있었는데, 정작 여 과장은 그 핵심인 침묵과 관찰은 간과한 듯 보였다.

"시간 될 때, 내가 15분 침묵과 관찰하기에 대해 알려줄게. 아무에게나 알려주지 않는데, 특별히 하수 씨한테만 알려주려는 거야. 캬캬."

도시 생태계의 생존법

하수는 잠시 감고 있던 눈을 떴다. 지하철은 여전히 거대한 도시의 지하를 달리고 있었고, 어두운 터널을 통과하자, 다음 정거장에서 또 한 무리의 개미들이 지옥철에 올라탔다. 빽빽한 전동차에 짓눌려진 사람들의 모습은 긴장감과 불쾌한 감정이 서려 있었다. 다시 지하철이 출발하자, 사람들은 자세를 잡고 내릴 역까지 몸을 버티며 사람들 사이에 끼어 있어야 했다.

음파, 음파.

빽빽한 지하철에서 누군가는 수영선수처럼 호흡하고, 또 누군가는 발뒤꿈치를 들고 괄약근을 조이는 케겔 운동을 시작한다. 중년의 신사는 벽면에 걸린 휘트니스 광고판의 늘씬한 모델을 눈으로 응시하면서, 역시 단전호흡법으로 아랫배에 미동도 없이 복식호흡을 시작한다. 도통 숨 쉴 수 없는 환경에서 최단 시간 내에 긴장을 완화할 수 있는 나름의 운동법이다. 도시인들은 속도의 시대, 갑갑한 현실이라는 도시 생태계에서 살아남기 위한 나름의 호흡법이나 운동법과 같은 생존법을 한두 가지씩 익히고 있어야 한다. 매일매일의 일상에 쫓겨 자신도 모르는 사이에 쌓인 긴장과 스트레스를 풀어주기 위함이다. 그렇게 하지 않으면 몸과 마음에 독이 쌓여 병이 된다는 것을 익히 알고 있기 때문이다.

하수도 양복 주머니에서 이어폰을 찾아 귀에 꽂으며 나름의 심폐소생술을 시작한다. 출퇴근길에 음악을 듣는 것이 몸과 마음을 상쾌하게 하는 하수만의 비법이다. 경쾌한 팝 사운드의 음악이 흘러나온다. 영국 출신의 록 사운드 그룹의 노래로 아침 출근길을 달리는 대도시의 풍경이 그려지는 노래다. 도시인의 애환과 모순을 담아, 지금을 살아가는 직장인들의 일상을 모티브로 구성한 가사가 쏙쏙 귀에 들어온다. 가벼운 말장난이 아닌, 우직하지만 조심스럽게 건네는 농담처럼 하루를 시작하는 행진곡으로 나쁘지 않다. 직장인들의 모습을 밝고 유쾌하게 담아낸 노래여서, 출근길에 들으면 기분이 좋아진다.

지하 구간을 벗어난 지하철이 한강 위로 들어서자, 차창 넘어 한강의 아침이 눈부시게 펼쳐진다. 하지만 열차 안에는 약속이라도 한 듯, 제각각의 위치에서 최선을 다해 스마트폰에 시선을 맞추고 있다. 창으로 비치는 도시인의 모습은 마치 하수의 자화상을 보는 것만 같다. 똑같은 모습, 똑같은 속도로 바쁘게 살아가는 우리들의 일그러진 자화상이 아닌가? 사람들의 의지와 무관하게 끊임없이 반복되고 있는 행태는 미묘한 음반처럼 돌고 있다. 현대 직장인은 자신의 속성과 자질을 모두 숨기고 감내하면서 살아가고 있는 것인지도 모른다. 전동차가 멈춘 사이 선로의 반대 방향으로 열차가 스치듯이 지나간다. 창으로 스친 그들의 모습은 하루의 찰나처럼 지나는 순간일지도 모른다.

'스치는 이 순간 우리는 어디로, 그리고 왜 가고 있는 것인가?'

규격 인간, 표준화되는 사회에서

처음 영국에서 증기기관차가 기적을 울린, 일명 산업혁명이라고 말하는 골 때리는 사건(당시의 인류에게 산업혁명은 가장 골 때리는 사건이었다.) 이후 전 지구촌과 인류의 행보는 속도와 경쟁의 시대로 달리기를 시작했다. 산업화와 공장화가 급속히 진행되었으며, 들판에서 농사를 짓던 사람들은 곡괭이를 집어 던지고, 빌딩과 굴뚝이 하늘로 치솟은 도시로 몰려들기 시작했다. 도시지향, 속도지향의 신인류가 탄생한 것이다. 그리고 잘 짜인 도시의 시공간 안에서 사람들은 잘 만들어진 소모품처럼 기계적으로 움직이며 인생의 모든 시간을 달리고 또 달린다. 그렇게 자연에서 태어나 자연을 관조하며 함께 어우러져 살아가던 사람들의 일상은 도시로 유입되면서 점점 기계를 닮아갔다.

왜 달리는지에 대한 이유도, 종착점도 알지 못하고 달리는 것이 지금의 현실이다. 하수는 학창 시절 우연히 보게 되었던 〈모던 타임스(Modern times)〉라는 영화의 한 장면을 떠올렸다. 〈모던 타임스〉는 당시 세계 최고의 희극배우였던 찰리 채플린이 사회적 메시지를 담아 제작한 그의 마지막 영화. 찰리는 9시 출근하고 6시 퇴근하는 현대도시 생태계의 법칙을 몸에 익혀야만 살아갈 수 있는 시대인의 아픔과 좌절을 소리 없는 외침으로 그려냈다. 찰리가 직접 연출하고 주인공을 맡은 이 영화는 공장에서 기계처럼 일하는 공장 노동자의 삶을 기록한 영화다. 산업화 시대의 도래로 말미암아 기계화된 시대를 살아가는 인간의 소외된 단면을 코믹하게 그려냈다.

영화에서 공장 노동자로 등장한 찰리는 컨베이어 벨트에서 부품의 나사 조이는 일을 반복한다. 그는 일하지 않을 때도 나사 조이는 규칙이 몸에 배어, 모든 사물을 조이고자 하는 강박감을 느끼게 되고 결국은 정신병원에 수감되기에 이른다. 〈모던 타임스〉에는 잠시도 쉴 틈 없이 돌아가는 현대사회를 마임을 통해 상징적으로 보여주고 있었다. 〈모던 타임스〉는 산업화 시대를 배경으로 한다. 지난 시간 동안 급속한 산업화를 이룬 산업 문명의 발달과 인간성 상실의 단면과 기계로 인해 설 자리를 잃고 소외된 인간을 보여준다. 어쩌면 작금의 사회에 대한 예견이기도 했다. 노동자를 곳곳에서 감시하는 스크린, 원격 화상 대화 장면 등은 터무니없는 상상만이 아니었다.

행복으로 가는 길은 어디에 있는가?

이미 현대인들은 모두 기계적으로 비슷한 시간대에 출근하고 퇴근하며 표준화되고 규격화된 비슷한 삶을 살아가고 있다. 규격 인간의 탄생이다. 현대의 규격에 자기 몸을 맞추고 자기주장을 과감하게 버린 사람들은 '표준규격화'란 명예로운 훈장을 달고 또 달린다. 하수 역시 차갑고 무표정한 도시인, 차도남으로 살아가고 있다.

열차는 고층 아파트와 빌딩이 양쪽으로 숲을 이룬 서울의 한강을 가로지르고 있다. 한강의 기적이라 불리며 급성장한 서울의 아침은 세계 어느 도시보다 역동적이다. 하지만 회색 도시인들을 빽빽하게 채운 지하철의 일상 풍경들은 무미건조하다. 흑백 톤의 도시풍경에서 느껴지는 무미건조함은 도시직장인들이 한 번쯤 느낄 수 있는 상실의 감정이다.

하수는 숨 막히는 틈으로 비친 사람들의 모습이 마치 커다란 박스 안에 구겨 넣은 짐짝 같다는 느낌을 져버릴 수 없다.

'지금 출근하는 사람들은 그들의 직장에서 어떤 존재로 살아가고 있을까? 우리 삶의 존재 이유는 무엇인가? 우리는 과연 행복한 것인가? 나는 무엇을 위해 사는가? 내 인생의 목표는 무엇인가? 나는 내 삶의 주인공이 될 수 있을 것인가?' 회사에 입사하면서 하수는 왜 사는 것인지, 존재의 의미는 무엇인지라는 자신의 존재와 삶에 대한 근원적인 의문을 떨쳐버릴 수 없었다.

유리창에 시선을 멈추고 생각에 잠겨있던 하수는 한강철교를 넘어서는 지하철 창밖의 한강을 바라보니, 멀리 아침 햇귀가 밝아오는 강물 위로 금빛 물결이 반짝인다. 이어폰을 통해 들려오는 음악 소리에 귀를 기울인다.

02

막막한 도시의 섬

흙수저를 물고 태어난 운명은?

지방에서 대학을 졸업하고 작은 중소기업에 취직해 서울살이를 이제 1년 남짓하였으니, 도시 샐러리맨의 일상적 삶이 몸에 밸만도 하다. 하지만 하수는 아직도 바쁘게 돌아가는 서울살이가 쉽지만은 않다. 지방 출신의 초년생들이 도시의 삶에 적응하기 쉽지 않기 때문이다. 아니 정확히 말하면, 이 거대한 도시 속에서 살아가는 자기 자신에 대한 지금의 존재감과 미래의 모습이 아직도 막연하고 불안한 까닭이다.

'시골 변방 출신에, 중소기업에 다니고 있는 내가 과연 이 도시에 뿌리를 내릴 수 있을까? 나는 저 뿌연 안개의 도시에서 내 자리를 찾을 수 있을까? 희망은 있는 것인가?'

사실 인구 대비 100명 중 85명이 지방대를 다니는 지금의 현실은 평범한 것이다. 지방대를 나와 중소기업에 다니는 것이 잘못된 것은 아니다. 하지만 지금의 시대는 부러움을 사는 15명도 벼랑 끝으로 내몰리는 끔찍한 사회가 아닌가? 소위 말하는 금수저가 아닌 이들은 어떻게 해야 한단 말인가? 스스로 흙수저로 받아들이는 순간, 이미 경계 밖의 세상에 사는 낙오된 무리에 속한 것이었다. 출신 성분이 중요하지 않다면 무엇으로, 어떻게 이겨낼 수 있을 것인가? 과연 나는 이러한 편견과 고정관념을 보란 듯이 깨고 헤쳐 나갈 수 있을까? 길은 멀고 아득하기만 하다.

여름 내내 긴 가뭄과 건조한 날씨로 서울은 마치 짙은 안개에 가려진 듯 뿌옇다. 대기업 취업에 실패하고, 특별한 생각 없이 취업을 목적으로 중소기업의 문을 두드려 취업에 성공했으나, 만족할 만한 것은 못되었다. 애초에 특별한 의미가 없었으니, 시간이 갈수록 자조와 체념이 지배하는 시간이 점점 늘어갔다. 이유 없는 절망과 아픔 같은 것이었다. 이 시대를 사는 평범한 청춘이었는데 말이다.

아침 햇살을 받은 한강이 붉게 타오르며 수면에 반사되어 푸른 하늘처럼 반짝인다. 고향의 하늘과 바다를 본지도 참 오래되었다.

'어머니는 안녕하신가? 오늘은 안부 전화라도 드려야겠다.' 창밖으로 펼쳐지는 눈 부신 햇살을 바라보니, 고향 통영의 앞바다와 푸르른 하늘이 그리워진다. 오늘도 바닷가에 나가셨을 어머니가 문득 보고 싶다. 아버지가 쓰러지신 이후부터 어머니는 바닷가로 나가시기 시작해 요즘까지도 습관처럼 매일 바닷가에 나가 소일거리를 하며 지내신다.

"요새 많이 바쁘나? 시간 나면 집에 한 번 왔다 가재? 엄마가 많이 보고 싶단다."
고향인 통영에서 양식업을 하는 형으로부터 전화가 왔다.

큰 바다를 누비며 고래처럼 살아라

고향의 바다가 그리워질 때면, 문득 돌아가신 아버지가 생각나고, 생전에 자주 하시던 말씀이 떠오른다.

"하수야, 네는 큰 바다를 누비는 고래처럼 살아라. 어짜든지 사람은 큰물에서 놀아야 크게 보고 멀리 보는 눈이 생기는 법이다. 애비처럼 작은 촌구석에서 평생 살지 말고, 넓은 세상에서 큰 꿈을 펼치면서 살거라.”

젊은 시절, 서울 외곽에서 작은 공장을 운영하다가 IMF로 직격탄을 맞은 아버지는 도망자처럼 귀향해 한동안 바다만 멍하니 바라보았다. 청춘을 온전히 한 가지 일에 매달려 최선의 삶을 살았건만, IMF라는 폭풍우는 아버지의 삶을 순식간에 풍비박산 내버렸다. 삶이라는 망망대해에서 예기치 못한 파도와 마주친 아버지는 손쓸 겨를도 없이 휩쓸려진 것이었다. 아버지는 온 식구를 데리고 고향으로 쓸려 내려왔다. 그리고 몇 년 동안 허송세월하던 아버지는 작은 배를 한 척 임대했다. 그나마 아버지가 바다로 나가기 시작한 것이 잘 된 것이라고, 지금도 어머니는 말씀하시곤 한다.

“그 작은 배라도 없었시모, 너거 아버지는 제 명까지 못살았을 끼다.”

아버지가 바다로 나갈 무렵, 하수는 초등학생이었다. 어머니의 말처럼 아버지는 고기를 잡으러 가는 것보다는 잃어버린 그 무언가를 찾아가는 듯 보였다. 하수는 종종 아버지의 고깃배를 타고 바다로 함께 나가곤 했다. 아버지는 간혹 수평선 너머로 큰 어선들을 바라보며, 어린 하수의 손을 붙잡고 꿈을 꾸듯 말씀하셨다.

"하수야, 멀리 보거라. 멀리. 눈앞에 작은 데만 보지 말고 저기 큰 바다를 봐라. 저 바다가 망망대해 같지마는, 거기는 고래부터 작은 물고기들까지 없는 게 없다. 네는 고래처럼 큰 바다로 나가서 큰 꿈을 펼치면서 살아라. 한 번뿐인 인생인데, 사람이건 뭐시건 큰물에서 놀아야 큰일을 해볼 수 있다. 공부도 열심히 하고, 뭐든지 열심히, 착하게 해라."

큰 것은 무엇이며 먼 것은 또 무엇인가? 어린 하수는 아버지가 무슨 말을 하는지 당시엔 이해할 길이 없었다. 그것이 큰 꿈의 이야기, 먼 꿈을 말하는 것인지를.

어린 시절 뛰어놀던 고향 통영의 바다는 아버지의 꿈이 어린 곳이자, 하수의 원형적 심상에 자리한 본래 자아가 형성된 곳이다. 하수는 대학 시절과 직장생활을 시작하며 고향을 떠난 후에도, 간혹 자신의 자리가 궁금해지거나, 삶의 이정표를 잃어버릴 즈음이면, 고향 통영의 바닷가를 찾았다. 그때마다 평화로운 풍화일주로를 따라 마음을 달래고, 해가 떨어질 즈음 고향 집 가까이에 있는 달아공원에 올라 어디서도 볼 수 없는 일몰의 장관을 감상했다. 그럴 때면 문득 잊고 지냈던 자신의 본모습을 마주하는 느낌도 들고, 흔들리는 마음을 조금은 달래주는 듯했다. 넋을 놓고 바다를 멍하니 바라보고 있노라면, 큰 고래의 울음소리가 마치 이명처럼 들리는 것만 같았다.

자욱한 해무에 갇혀버린 섬처럼

하수가 중학생이 되면서부터 아버지의 건강은 점점 악화되기 시작했다. 집안의 가장이 손을 놓자 곧바로 경제적으로 위기가 시작되었다. 그전까지는 넉넉하진 않더라도 지방 소도시에서 큰 어려움 없이 살아갈 만한 형편은 되었었다.

하지만 병색이 짙은 아버지의 모습을 바라보고 있으면, 어린 하수 역시 집안의 형편이 점차 어려워지고 있다는 것을 알아챌 수가 있었다. 집안의 공기는 흐르지 않고 마치 앞이 보이지 않은 자욱한 해무 속에 갇혀있는 것 같았다. 그리고 바닷가의 해무가 걷히기를 기다리는 날이 길어질수록 집안의 형편도 점점 어려워지기 시작했다. 짙어지는 해무를 바라보는 것은 바다가 전부인 사람들에겐 답답한 노릇이 아닐 수 없었다.

꿈을 잃은 아버지는 소일거리로 도시에서 온 낚시꾼들을 앞바다의 작은 섬에 실어 나르기도 하고, 손님이 없는 날이면 선창 끝에 나가 홀로 낚싯대를 드리웠다. 삶의 고삐를 놓친 아버지가 등대 끝에서 낚시를 드리워 잡아 올리려 했던 건 놓쳐버린 꿈이었을 것이다. 하지만 아버지의 낚싯대에는 빛을 잃은 낡은 별들만 걸려들 뿐이었다. 아버지의 시간은 그렇게 조금씩 스러지기 시작했다.
그러던 어느 날, 쇠약한 별 하나가 마지막으로 가녀린 빛을 내며 먼바다로 떨어졌다. 시름시름 앓던 아버지의 건강은 점점 나빠졌고, 언제부턴 바다에 나가는 횟수도 점차 줄어들었다. 그리고 태풍이 몹시 불던 어느 날, 아버지는 방파제 끝에서 쓰러졌다. 그날 이후, 아버지는 아예 자리를 보전하고 몸져누웠다. 하수는 누워있는 아버지의 모습이 마치 날개를 잃은 새와 같다고 생각했다. 날개를 다친 새는 하늘로 더는 날지 못했다. 꿈을 낚을 기력마저 잃어버린 아버지를 바라보는 것은 어린 하수에게 가슴이 저리는 일이었다.

그리고 얼마 지나지 않아 어머니는 작은 고깃배가 들어오는 새벽 포구에서 잡어 등의 고기를 손질하고 분류하는 일을 시작했다. 만선을 이룬 배들이 새벽의 햇귀를 가르며 돌아오면, 동네 아주머니들이 선창가에 몰려들었다. 잡어를 싼값에 살 기회가 되기도 하고, 경매에 내놓을 생선을 선도나 크기에 알맞게 구분하는 일이었다. 다행히 통영의 바다는 풍족해서 만선을 이룬 고깃배가 늘어나는 날이면, 하수 역시 엄마를 따라 새벽의 포구에서 일손을 거들기도 했다.

어머니는 아버지와 다르게 씩씩했다. 아버지가 바다에서 쓰러지자, 어머니는 바다와 싸우기 시작하며 삶을 다시 일구어 나가기 시작했다. 어머니는 바다에 나가면서 점점 씩씩해지고 거칠어졌다. 본래 싸움꾼이나 장부 기질이 있었는지도 몰랐다. '세상의 모든 어머니는 강하다.'라는 것을 하수는 중학생이 되어, 철이 들면서 알게 되었다. 아버지의 바다가 꿈이었다면, 어머니의 바다는 거친 삶 그 자체였다.

어머니의 고군분투에도 불구하고 집안의 형편은 쉬 나아지지 않았다. 형과 누나도 고등학교를 졸업하자마자, 자기의 몫을 찾아 어머니를 도와 생계 전선에 뛰어들었다. 지방 소도시에서 대학을 진학하지 못한 젊은이들이 할 수 있는 일이라는 것이 뻔한 것이기도 하였다.

비록 생계를 위해 꿈을 접은 형과 누나지만 늦둥이 하수에게 만큼은 늘 각별했다. 그래서 지금까지도 하수는 형과 누나에게 미안함을 저버릴 수가 없다. 그나마 다행인 것은 고향 통영의 바다는 가족들이 생계를 이어 갈 만큼 넉넉했다. 어머니와 누나, 형이 바다에 온몸을 던진 결과였다. 그래서일까. 어머니는 아버지가 마음을 붙이지 못한 고향의 바다에 늘 감사했다.

"세상에 그냥 죽으라는 법은 없는갑다. 이래 바다라도 있어서 얼마나 다행이고. 바다는 험하긴 해도 거짓말은 안 한다는 말이 맞기는 맞는갑다. 우리가 하는 만큼 돌려준께나. 부지런히만 하면 우리 가족들 입에 풀칠은 충분히 할 수 있을끼다. 애미 애비가 공부를 끝까지 못 시켜줘서 너거들한테는 입이 열 개라도 할 말이 없지만은 지금처럼 부지런히 살다 보면 마음도 형편도 다 좋아질

끼다. 조금만 더 힘내서 해보자."

형과 누나가 어머니의 일손을 돕기도 하고, 일자리를 잡기 시작하자, 형편은 조금씩 나아져 한 식구가 먹고살기에 어렵지는 않았다. 형은 아버지의 배를 타고 아버지가 고기를 잡던 앞바다에서 문어잡이를 시작했다. 누나는 시내의 작은 회사에 경리로 취직했고, 어머니는 파도가 밀어내고 바다가 던져주는 먹거리들을 챙겨 삶을 꾸려나갔다.

지방 소도시, 변방에서 꿈을 키우다

"막내야, 너는 딴 걱정하지 말고 공부만 열심히 해라. 형이랑 누나가 네 뒷바라지는 할 테니까. 아무 걱정하지 말고 네는 하는 공부만 열심히 해라. 네는 우리 집 기둥 아이가. 기둥. 알제?"

가족의 기대와 뒷바라지로 하수는 집안의 형편과 달리, 자신이 하고 싶은 꿈을 키우며 초·중·고 내내 부족함 없이 자랄 수 있었다. 다행히 공부에도 취미가 있어 성적도 나쁘지 않았고, 교우 관계도 무난해 고교를 졸업할 때까지 범생이 소리를 들었다. 하지만 지방의 소도시에서 열심히 공부한다고, 서울에 있는 대학에 가고 좋은 직장을 얻을 수 있을 것이라는 희망은 막연한 것이었다.

무엇보다 넉넉지 않은 형편은 분명 큰 걸림돌이 되리라는 것은 이미 마음속 깊이 자리하고 있었다. 부모의 능력이나 형편이 넉넉지 못한 흙수저를 물고 나와 성공을 이룬다는 것은 어렵지 않은가.

흙수저, 변방 출신, 줄도 빽도 없는
평범한 직장인이 과연 성공할 수 있을까?

대학에 가는 과정에서 하수는 비로소 어려움에 직면했다. 같이 공부했던 친구들 몇몇은 서울의 대학에 갈 만큼 성적이 나왔다. 하지만 수능을 마치고 점수를 받아보니 하수는 서울 입성이 어려운 점수였다. 병석에 누워있던 아버지는 다소 실망한 기색이 역력했다. 하지만 어머니는 흔쾌한 사람이었다.

"대학을 꼭 서울로 가야 한다는 법이 어디 있나? 가깝게 있는 대학들도 좋다카더만, 엄마는 먼 객지로 안 가서 더 마음이 놓이고 좋다. 하수야, 괜찮타. 거서 열심히 해서 큰 회사에 취직하면 되재? 용꼬리보다 닭 대가리가 낫다 안카더나. 거서 1등 하면 된다."라며 계구우후(鷄口牛後)와 용두사미(龍頭蛇尾)를 섞어가며 하수의 역성을 들었다.

어머니의 역성과 가족의 위로 덕분에 하수는 가족의 기대를 위해서라도 대학 생활을 열심히 하기로 마음먹었다. 가족들이 밥은

집밥이 최고라며 하숙을 권했지만, 4년 내내 저렴하고 교통비를 아낄 수 있는 학교 기숙사에서 생활했다. 가족들이 감당할 금전적 부담을 생각하면 대학생이 누린다는 평범한 자유로움마저 사치란 생각 때문이었다.

'어머니의 말대로, 나는 닭의 대가리가 될 수 있을까? 현실의 벽을 넘어설 수 있을까? 내세울 것 하나 없고, 보잘것없는 이런 스펙으로 나는 닭의 볏, 뱀의 머리가 될 수 있을 것인가? 밑바닥부터 시작해 성공하고 싶다는 것은 허울과 오기가 아닌가? 지방대 출신의 중소기업 직장인인 내가 어떻게 성공을 이루어 갈 수 있을까? 답은 있는 것인가? 지금의 나는 별 볼 없는 평범한 직장인이 아닌가? 구조적으로 약자인 현실의 굴레를 벗어날 수 있을까? 이게 바로 나 박하수의 현주소가 아닌가?' 답답하다.

표준 출근 시간인 9시가 가까워져 오자, 지하철 안의 사람들은 더욱 빼곡해졌다.

03

신기루만 같은 막연한 꿈

하수의 어릴 적 꿈은 막연했다. 초등학교 때까지는 아버지의 말처럼, 큰 바다에 나가는 원양어선의 선장이 되는 꿈을 꾸기도 했으나, 아버지가 아프기 시작한 중학생 때에는 의사의 꿈을 키우기도 했다. 그러다 고등학생이 되어 선생님의 도움으로 '성공'에 대한 환상을 키웠다. 하지만 성공이란 것이 구체적으로 무엇인지, 어떤 모습을 그려야 하는지 종잡을 수가 없었다.

내 인생의 성공은 무엇인가?
돈을 많이 버는 것이 성공인가?
이름을 날리는 것이 성공인가?
무엇부터 어떻게 해야 하는가?

대학에 입학할 때까지도 하수의 꿈은 막연하고 신기루 같은 것이었다. 그렇게 진로에 대한 고민이 깊어지는 날이면, 꿈속에서 커다란 고래 떼가 헤엄치며 망망대해로 나아가는 꿈을 꾸곤 했다. 하수는 그 무리 속의 어린 고래였다. 아빠 고래와 엄마 고래를 쫓아 파도가 몰아치는 바다로 나아가고 있었다. 아빠 고래가 뒤쫓아 오는 새끼 고래를 바라보는 순간, 큰 너울이 아빠 고래를 삼켰다. 너울 속으로 아빠 고래는 순식간에 빨려 들어갔다. 엄마 고래도 순식간에 쓸려가는 아빠 고래를 붙잡진 못했다. 그렇게 아빠 고래는 먼바다로 휩쓸려 가버렸다. 남은 건 슬픔과 두려움 그리고 막연함뿐이었다.

쫓아갈 명확한 꿈을 찾지 못하니 목표도 불투명했다. '일단 대기업을 목표로 취업을 잘해야겠지. 누구나 꿈꾸는 비슷한 삶이라도 우선 살아가는 수밖에.' 간혹 고향에서 아버지의 일이나 도와야겠다며 주저앉는 친구들도 있었지만, 하수는 '큰물에서 큰 꿈을 이루라!'는 아버지의 말씀이 자꾸만 맴돌았다.

하수가 대학에서 경영학을 선택한 이유도 딱히 없었다. 성적에 맞춘 것이기도 했지만, 취직을 위한 최선의 선택이기도 했다. 하수는 아버지의 꿈이었던 '큰물'에서 놀기 위해 4년의 대학 생활 내내 최선을 다했다.

그리고 첫 번째 목표로 우선 대기업 취업을 목표로 잡았다. 몇몇 기업의 리스트를 뽑아서 기숙사 책상 위에 붙여놓고, 해마다 일기장 첫머리에 '나는 성공한다. 대기업 취업'이라는 다짐을 써 두기도 했다. 학점 관리도 잘했다. 또 함께 입학한 동기들 몇몇이 어학연수를 떠나고, 해외여행을 가고, 휴학할 때도 하수는 도서관에 매일 같이 도장을 찍었다. 채용 전형이 변했다고는 하지만 지방대 출신의 타이틀은 늘 부담이었고, 그로 인해 포기하거나 좌절하는 친구들도 더러 있었다. 도피하듯 군대에 가거나, 공무원 시험에 매달리는 친구들도 있었다. 하수 역시 막연한 기대만 있을 뿐, 답답한 나날의 연속이었다.

게임의 법칙, 골의 환희를 기억하라

매일 도서관에 출근 도장을 찍었지만, 미래에 대한 막막함으로 가슴은 늘 답답하고 불안했다.

"좀 쉬었다 해. 농구나 한판 하자."

그럴 때면 책을 덮고 사람들과 도서관 문이 닫힐 때쯤에 학교 운동장에서 농구를 즐기는 것이 하수가 즐기는 취미생활의 전부였다. 농구는 농구공 하나로 소수의 인원이 간단하게 할 수 있고,

스피드하게 전개되는 점도 매력적이었다. 수비를 따돌리고 절묘한 패스가 척척 이루어지는 순간마다 아드레날린이 뿜어져 나왔다. 특히 커다란 골이 골망에 정확히 들어갈 때의 쾌감은 마법에 걸린 듯 온몸에 전율이 느껴졌다. '골인'의 성취감은 골을 넣어보지 않은 사람들은 느낄 수 없는 것이었다. 차르르~, 차르르~, 농구 골대의 그물망에 골인되는 순간의 소리였다.

'고울~ 인'
'나는 인생이란 필드에서도 골을 이룰 수 있을까?'

친구와 선배들이 팀을 이루어 농구를 즐기면서도 문득문득 머리에 스치는 불편한 질문이었다. 그러나 슛을 던져 골이 들어가는 순간만큼은 막연한 미래의 걱정을 떨쳐내고 꿈을 갖게 하는 것이기도 했다. 하수의 손을 떠난 볼이 정확하게 골망으로 빨려 들어갈 때면, 어김없이 통영 앞바다에서 철썩이던 파도 소리와 대양을 헤엄쳐 나아가는 큰 고래의 울음소리가 들리는 듯했다. 아직 인생에 대한 분명한 청사진이 그려지지 않아 막연했지만, 그 순간만큼은 '골인'의 환희를 온몸으로 즐겼다. 차르르~, 차르르~.

농구 게임으로 흠뻑 젖은 채 귀가할 때면 마음은 언제나 홀가분했다. 하루는 취업을 앞둔 선배가 기숙사로 돌아가는 길에서 하수에게 그런 말을 했다.

"인생에도 농구처럼 골을 넣는 어떠한 법칙이 존재하지 않을까? 우리가 앞으로 나가야 할 사회를 필드라고 생각한다면, 그곳 역시 분명 게임의 법칙이 존재 하겠지? 아마도 그 게임의 룰 안에서 누가 자신의 기량을 마음껏 발휘하냐가 성공과 실패를 결정지을 거야. 안 그래?"

나는 내 인생의 그라운드에서 승리할 수 있을까?
나의 첫 골을 던질 골대는 어디에 있는가?

그저 지나가는 시간은 없다

대학 2학년 여름방학이 시작될 무렵, 시름시름 앓던 아버지가 돌아가셨다. 정신적인 기둥이었던 아버지의 죽음은 막내인 하수에게는 큰 충격이었다. 어머니는 아버지의 소원대로 유골을 먼바다에 뿌렸다. 어머니는 아버지를 보내드리며, 그동안 맺혔던 한을 긁어내는 듯했다. 절망과 희망, 원망과 사랑이 뒤섞여 가슴을 도려내는 것만 같았다.

"한평생 식구들 살피고 사느라 참말로 욕봤소. 욕봤소~. 이제 당신 소원대로 큰 바다로 편케 가이소. 편케~. 절대 돌아보지도 말고~. 거서는 우짜든지 편하게 지내이소. 식구들은 아무 걱정 하지 말고 편하게 지내이소. 나도 곧 따라 갈께다. 참말로 고생 많았소. 참말로….”

　하수는 어머니의 넋두리를 들으며 먼바다로 나아가는 큰 고래의 모습을 상상했다. 아버지는 드넓은 바다를 가르며 나아가다가 하수를 한번 돌아보고는 큰 물줄기를 뿜으며, 물을 박차고 솟아올랐다.

　“하수야, 큰 바다서 큰 꿈을 펼치고 살거라.”

　큰 고래는 몇 번씩이나 몸을 솟구치더니, 시야에서 점점 멀어지고 있었다. 하수는 큰 고래를 뒤쫓아가며 울부짖는 한 마리의 작은 새끼 고래였다. 하수는 점점 멀어지는 아버지를 부르며 망망한 대해에 홀로 남겨졌다.

　‘아버지~ 아버지~’

　아버지의 장례를 치르고 돌아온 날부터 하수는 며칠 동안 앓았고, 앓는 내내 아버지와 바다에서 놀던 꿈을 꾸었다. 바닷가에서 작은 게를 잡던 꿈, 아버지와 배를 타고 떠오르는 일출을 마주하던 꿈을 꾸었다. 눈을 떴을 때, 그런 하수를 어머니는 걱정스러운 눈으로 바라보고 있었다. “아이쿠야. 울 막내가 아버지를 억수로 좋아했는갑네. 효자다. 효자. 이제 일나거라. 밥 묵자." 어머니는 그렁그렁한 하수의 눈을 외면하고 "밥묵자. 막내 일어났다." 하며 부엌에 있던 누나에게 알렸다.

　바다에 아버지를 보내드리고 온 하수는 어른이 된 것만 같았다. 아니, 어른이 되어야겠다고 생각했다. 하수는 아버지가 돌아가신 후 바다를 바라보는 것이 습관이 되었다. 포구에서 낚시질하는 낚시꾼들을 기웃거리기도 하고, 해가 질 무렵까지 동네 앞 선창가에 앉아있곤 했다. 멍하니 바다를 바라보면, 아버지의 모습이 잠시나마 떠올라 슬픔을 씻어낼 수 있을 것 같았다. 해가 뜨는 바다는 아버지의 품 같았고, 어디선가 뱃고동 소리가 들리면 아버지가 이내 "하수야! 오늘은 만선이다!" 하고 부르는 소리가 들리는 듯했다.

　아버지를 통해 떠나간 사람을 잊기가 쉽지 않다는 것도 알게 되었다. 집에서도, 기숙사에서도 예전처럼 지낼 자신이 없던 하수는 학교에 휴학계를 냈다. 하수는 잠시 몸과 마음을 추스를 생각으로 기숙사에서 나와 자취하는 친구 용원이에게 신세를 졌다. 쉬는 것이 슬픔을 이겨내는 방법일 것이라는 막연한 생각 때문이었다. 아버지의 죽음은 하수에게 '삶이란 무엇인가?'라는 근원적인 물음을 던지는 계기가 되었다. 그 역시 막연하여 종잡을 수가 없었지만, 해답을 찾아야만 할 것 같았다. 그래야만 자신의 길도 선택할 수 있을 것만 같기도 했다.

"힘들면 언제든 집에 내려와라. 학교야 조금 쉬어도 되고, 이럴 때는 시간이 답이다. 정 힘들면 몸을 움직여 봐라. 그러면 몸은 힘 들어도 빨리 지나갈끼다."

어머니와 형의 만류에도 하수는 아버지의 온기가 서린 집에 있 는 것도, 군대 가는 것도 싫었다. 그래서 도망치듯 집을 떠나 무작 정 친구에게 신세를 지기로 했다. 가족들은 걱정했지만, 하수는 집을 벗어나야만 다시 무엇이든 시작할 수 있을 것 같았다. 어머 니와 형의 말처럼 입대 전까지 어떤 방법으로든 힘겨움을 이겨내 리라고 단단히 마음을 먹었다.

떨치고 다시 일어나라

마침 학교 앞에서 벌써 일 년째 휴학 중인 친구 용원이가 있었 다. 어렵게 학교에 들어왔지만, 농사일로 겨우 학비를 마련하는 집안 형편 때문에 버거워하던 친구였다. 용원이는 비싼 학비를 감 당할 수 없어 휴학하고 몇 학기 등록금을 마련하고 있었다. 하수 는 짐을 꾸려 친구의 자취방에 들어갔다. 녀석은 배달과 술집 서 빙, 막노동 등 닥치는 대로 일을 하고 있었다. 그 때문에 녹초가 되어 한밤중에 들어와 새벽같이 집을 나서는 게 일상이었다.

곁에서 치열하게 하루하루를 살아가는 친구를 지켜보며, 하수는 자신이 얼마나 나태하고 여유롭게 살아왔는지 알 수 있었다. 그러나 하수는 겨우 둘이 몸을 누일 수 있는 작은 방에서 며칠 동안 누워 뒤척이고만 있었다. 형언할 수 없는 슬픔, 아픔 같은 것이 가슴을 짓누르는 것만 같아 움직일 수가 없었다.

스스로를 마주하는 시간

"이제 좀 쉬었냐? 그럼, 나랑 다음 주부터 막노동 좀 안 해볼래? 내가 아는 현장이 있는데, 좀 힘들긴 하지만 해볼 만해. 젊어서 고생해야 한다는 말은 거짓말이고. 내가 다른 것을 포기해서라도 여행을 좀 떠나고 싶은데, 경비 마련 때문에 좀 더 몸부림을 쳐보려고. 입대 전에 같이 배낭여행 한번 다녀오는 거 어때?"

무료하게 시간을 계속 보내는 건, 대조적으로 열심인 친구에게 더 이상 보이기도 민망했다. 더욱이 하수가 선택할 수 있는 일 역시 많지 않았다. 가벼이 편의점이나 카페에서 아르바이트하거나, 집에서 형의 양식 일을 도울 수도 있었지만, 그러고 싶지는 않았다. '몸을 써야만 될 것 같다.' 며칠 동안 이불 속에서 마음을 다잡은 하수는 용원이와 함께 막노동 일을 시작하기로 했다. 입대 전까지는 6개월 정도의 시간이 남았고, 그 시간 동안 경비를 모아 친구와 함께 배낭여행을 계획했다.

"건설 현장이면 어때? 좀 힘은 들겠지만, 지금 아니면 또 언제 해보겠어? 2~3개월만 죽어라 하면, 여행 경비는 충분히 될 것 같으니까, 이참에 같이 세상으로 나가보자. 언제까지 우물 안 개구리인 마냥 살 순 없잖아? 벗어나야 보이고, 보여야 우리가 얼마나 깊은 우물에 들어있는지도 알지. 안 그래? 같이 해보자."

가끔 아버지와 형을 따라서 뱃일과 양식 일을 도운 적은 있었지만, 막내라는 이유만으로 하수는 딱히 힘든 일을 해본 경험이 많지 않았다. '그래 한번 해보자. 모든 경험이 앞으로 살아가는데 피가 되고 살이 되겠지.'

그렇게 해서 하수는 매일 용원이와 함께 건설 현장으로 일을 나갔다. 분명 쉬운 일이 아니었다. 새벽에 일어나는 것부터가 힘들었다. 하지만 새벽부터 바삐 돌아가는 노동의 현장은 그 자체로 경건하고 가슴을 뜨겁게 만들기도 했다.

현장에서 일하는 사람들은 대게 하수보다 나이가 많은 어른들이 대부분이었다. 그래서 현장에서 하수와 친구는 막내 취급을 받으며 모래나 벽돌 등 자재를 나르거나, 단순한 작업공정에서 일을 시작했다. 대부분은 오래된 경력을 가진 기술자의 보조 역할을 하는 것이었다. 하수와 친구는 서로 다른 팀에서 일했는데, 경험이 있던 친구 녀석은 나름 일의 요령을 터득해 일할 때 일하고, 쉴 때는 또 요령껏 쉬면서 일을 했다. 하지만 하수는 잡념을 없애려 일에만 몰두할 작정으로, 좀 더 힘든 일을 찾아서 몸을 혹사했다. '아버지의 삶은 무엇이었을까?' 한평생 가족을 위한 아버지를 떠올리며 하수는 삶의 의미를 알고 싶었다. 땀만이 그것을 알 수 있게 해줄 것이라는 막연한 생각도 가지고 있었다. 그동안 너무 편하고 안일하게만 살아온 것만 같아 죄책감마저 들기도 했다. 며칠 동안은 일을 마치고 집에 돌아오면 온몸이 돌덩이처럼 무거워 그대로 쓰러졌고, 하루하루가 마치 몸이 부서지는 것만 같았다.

'좀 더 열심히 살았어야 했는지도 모른다. 더 치열하게 살았어야 했는지도 모른다.'

그렇게 하수는 매일 새벽 현장에 도착해 돌덩이가 된 몸을 더 거칠게 부딪쳤다. 그래 봐야 기술이 있는 것도 아니어서 허드렛일하는 것이었는데, 현장에서는 '잡부'라 불렀다. 일주일 가까이 지켜보던 작업반장은 하수에게 미장일하는 김 씨 밑에서 보조를 하라고 자리를 다시 배정해 주었다.

다음 날부터 하수는 미장 기술자 김 박사와 한 팀이 되었다. 덩치가 매우 작았던 김 씨는 나이 오십이 넘어 보였는데, 현장에서 제일 대접받는 사람이었다. 사람들은 그를 박사님이라고 불렀다.

"하수야, 너 그 박사님 잘 모셔라. 이래 봬도 예전에 잘 나가던 선생님이셨으니까. 세상에 모르는 게 없어서 우리끼리는 박사님이라고 불러. 미장 기술도 최고니까, 잘 배워봐."

하수는 김 박사가 선하면서도 예리한 눈빛을 가지고 있다고 생각했다. 또 막일하는 사람치고는 꽤 부드러운 손을 지니고 있다고 생각했다. 하수는 그가 궁금하였으나, 딱히 물어볼 수 있는 것도 아니었다. 보조라고 해봐야 직접 미장을 하는 것도 아니었고, 김 박사가 미장을 할 수 있도록 시멘트와 모래, 벽돌 등 미장재를 적시에 나르거나 필요한 도구 등을 챙기고 정리를 하는 것이 전부였다. 그렇게 보름 동안 하수는 김 씨 곁에서 보조로 일을 하였다. 하지만 김 씨는 말수가 많은 편이 아니었고, 하수를 탐탁지 않게 보는 것도 사실이었다.

"일을 제대로 할 놈을 붙여줘야지, 이런 애송이랑 어떻게 일을 해?"

처음 작업반장에게 말하던 김 씨의 말이 하수를 더욱 주눅들게 만들었다. 하수와 김 씨는 일도 같이하고, 밥도 같이 먹고 현장에서는 한 몸처럼 움직였다. 그러나 말수가 없던 김 씨는 미장 작업이 다 끝나는 날까지 이렇다 할 말도 없었고, 그저 묵묵히 자기의 맡은 작업을 하는 것이 전부였다. 이 작업이 끝나면, 김 씨는 다시 다른 현장으로 옮겨갈 것이었다.

누구나 자신의 자리, 포지션이 있다

현장에서 김 씨의 미장 작업이 끝나는 날, 김 씨는 하수를 불렀다.

"하수라고 했지. 어찌 됐든 인연이니까. 그동안 고생 많았어."

국밥집에 앉은 김 씨는 하수에게 자기 밥의 반을 덜어 주며 말했다.

"잘 먹어. 몸이 재산이야. 내 밑에서 일하느라 힘들었지?"

소주를 단숨에 들이켠 김 씨가 하수의 눈을 바라보며 말했다.

"내가 통 주변머리가 없어서, 잘한다는 말을 못해. 그래도 네 덕분에 작업이 무난하게 잘 끝났어. 고마워."

그리고 김 씨는 다시 소주 한 잔을 들이켜고는 하수의 눈을 보고 천천히 말하기 시작했다.

"넌 보니까, 여기서 오래 일할 사람이 아니야. 네 눈빛을 보면 그게 보여. 성실하고 듬직한 모습이 현장 사람들한텐 좋게 보이겠지만, 사람은 누구나 자신의 자리가 있어. 인생을 필드라고 하잖아? 누구나 자신이 뛰고, 달리고, 지키고, 쟁취해야 할 자신의 자리, 즉 나만의 포지션이 있기 마련인데. 넌 지금 포지션을 잃은 운동선수처럼 갈팡질팡하고 있는 시기인 게 보여. 포지션이 없는 선수는 어딜 가나 만년 후보선수가 되거나, 아예 필드에 서보지도 못해. 특별히 잘하는 것도 없는 애송이 후보선수로 끝나지."

"하지만 누구나 인생의 긴 여정 동안 후보선수, 애송이의 단계를 거치니까 심각하게 걱정할 필요는 없어. 아무도 처음부터 개구리로 태어나 펄쩍 뛰는 사람은 없으니까. 누구나 올챙이 시절 동안 수많은 시행착오와 실패를 경험하기 마련이니 말이야."

김 박사는 마치 강단에서 학생들에게 강의하는 선생님 같았다. 그는 하수의 눈을 보며 말을 이어 갔다. 하수는 왠지 그가 자신의 마음을 읽고 있다는 착각이 들면서도 무언가 좋은 교훈을 줄 것만 같았다.

"나 스스로가 우선 지금은 후보선수, 올챙이, 애송이라는 것을 인정해야 해. 부끄러워할 것도, 좌절할 필요도 없어. 과정일 뿐이니까. 잘 뛰는 선배와 코치들의 물 주전자를 들고 벤치에 앉아있는 후보선수일지라도 그냥 지나가는 시간이란 없어. 그 모든 시간이 인생의 소중한 시간이지. 일분일초의 순간 역시 너의 인생이란 말이지. 그러니 뭐든 지금 최선을 다해봐. 그것이 무엇이든 최선을 다해야만 폴짝 뛰는 개구리, 노래하는 개구리, 알을 부화하는 개구리도 될 수 있으니까 말이야. 그리고 오래도록 지금의 '올챙이의 시간'을 기억해. 처음부터 잘하는 사람도, 억대 연봉을 받는 프로선수도 없어. 그들 역시 올챙이 시절, 후보선수 생활을 겪으며 방황의 시절을 견뎌낸 후 인생의 주인공, 스타가 된 사람들이니까."

하수는 김 박사의 한마디 한마디가 마음에 새겨지는 느낌이었다. 그러면서 그가 왜 김 박사라는 별명으로 불리는지 이유를 굳이 물어볼 필요가 없다는 생각이 들었다.

방황은 살아있다는 증거다

"살다 보면 간혹 잘못된 선택으로 잘못된 길을 갈 때도 있기 마련이야. 그럴 때는 잠시 멈추고 내 자리가 어딘가를 물어야 해. 그래야 무의미하고 충동적인 행동을 막을 수 있고, 그래야만 인생의 분명한 목표도 세울 수 있지. 그렇게 해야 비로소 '나'다운 인생을 살아갈 수 있는 거야."

연거푸 소주를 들이켠 김 씨는 세계적인 스타의 반열에 오른 박지성 선수, 맨발의 투혼으로 골프의 여재로 등극한 박세리 선수 등 스포츠 스타들 역시 후보선수와 방황의 시절을 겪었으며, 또 고난을 이겨내고 자신의 포지션을 찾은 사람들이라고 말했다. 그리고 자신이 가장 좋아했다는 소설가 이외수 선생이 유명한 소설가가 되기까지의 일화도 들려주었다.

"이외수 선생은 어려서 부모님을 잃고 가난한 유년 시절을 보냈다고 해. 그리고 할머니 손에서 어렵게 자랐지. 어렵사리 춘천교대에 입학했으나 돈이 없어 졸업을 못 했지. 지금은 돌아가셨지만, 여전히 대한민국 최고의 작가로 인정받고 있잖아. 이외수 선생도 그 어려웠던 시절이 자신의 정체성을 찾아가는 과정이었다고 하더라구."

그러면서 김 씨는 이외수 선생이 소설가가 되기로 작정하고 감옥생활을 한 이야기를 덧붙여 들려주었다. 그는 자신의 방을 감옥처럼 꾸며서, 그 안에서 3년 동안 작업을 하면서 첫 소설을 냈고, 그것을 시작으로 인생이 바뀌었다고 말했다.

방황하지 않은 인생, 좌절 없는 삶이란 없다.
힘든 시간일수록 즐겨라.

김 박사는 소주 한 병을 말끔히 비우고 나서 말을 이었다. "방황이 없다는 것은 나아가려는 의지가 없다는 말과 같아. 방황은 한계를 극복하기 위한 실험이고. 그것을 넘어선 것이 성취니까. 성공은 그러한 작은 성취의 시간을 한 계단 한 계단 밟고 오르는 과정이란 말이지. 중요한 것은 지금의 이 시간이 비록 힘들고 험난하더라도 바른길을 가야 해. 그리고 자신의 포지션은 자신이 결정한다는 것을 명심하라구."

술기운이 조금 오른 김 씨는 하수의 눈을 바라보고, 진심 어린 말투로 말을 이어 갔다. 저녁 식사 시간이 지난 식당은 한적했고, 식당의 아주머니는 설거지를 끝내고 TV를 보고 있었다. 취기가 오른 김 씨는 어느덧 자신의 이야기와 다소 철학적인 관점까지 폭넓은 이야기를 하기 시작했다. 김 씨는 실제 우리는 늘 '누군가'로 규정된 채 살고 있는데, 그것 또한 의심할 필요가 있다는 것을 강조했다. 그러한 의심의 태도가 본래 나의 정체성을 찾아가는 길이라고 언급했다.

"이를테면 아버지와 어머니의 아들딸로, 사회적으로는 국민 혹은 시민으로, 회사에서는 직책으로, 그 누구도 '나'를 규정할 수 없다는 거지. 모든 개인, 모든 자아는 그런 규정을 떨쳐내는 연습이 필요해. 지금의 이 시간이 너의 본모습이 아닐 수 있다는 말이야. 그래서 언제든 '나'라는 존재를 스스로 온전히 바라보는 시간을 가질 필요가 있어. 어쩌면 지금의 시간이 너에겐 독립된 나, 홀로 온전한 나의 모습을 바라볼 수 있는 최고의 시간일지도 몰라. 알아듣겠어? 핵심을 말하자면, 지금의 시간이 힘들다고 타협하지 말고. 오히려 최대한 나의 시간으로 만들라는 말이야. 나를 온전히 마주하고, 발견하고, 바라보는 시간으로. 지금 지나가는 분초도 모두 나를 온전히 완성하는 시간이자 내 인생이니까. 모든 순간이."

설거지를 마친 아주머니가 김 박사와 하수를 한 번씩 돌아보았다. TV에서는 아홉 시 뉴스가 끝나고 일기예보가 시작되고 있었다.

김 씨는 방황하는 것은 자기의 인생 항로를 찾아가기 위한 의미 있는 시간이 된다는 것과 지금의 힘든 시간을 기억하고 주저앉지 않는 법을 몸에 익혀야 한다는 것. 또 방황의 시간은 온전히 자신을 발견해 자기 자리를 찾아가는 여정의 일부분이라고 거듭 말했다.

"일하는 동안, 살아가는 동안 힘들 때는 본래의 자기 자리를 생각하면 돼. 지금 나는 어디에 있으며, 나의 포지션은 어디인지를 항상 생각하면 뜨거운 무엇이 가슴에 차오를 거야. 그 뜨거운 것이 바로 너의 정체성이라는 걸 기억하라구. 너의 정체성이 곧 너의 포지션이며, 네 인생의 사명이자 목표야."

김 씨가 어느 순간부터 똑같은 말을 반복하고 있다는 것을 먼저 알아차린 것은 아주머니였다.

"내일은 날씨가 흐리다네요. 비가 올지도 모르겠네."
"일찍 들어가 쉬어야 내일도 일을 하시죠? 학생도 피곤해 보이는데."

"살다 보면 간혹 잘못된 선택으로 잘못된 길을 갈 때도 있는데, 그때면 잠시 멈추고 내 자리가 어딘가를 물어봐. 그렇게 해야 내 인생의 분명한 목표를 세울 수 있고, 무의식적이며 즉흥적인 행동을 막을 수 있어. 그렇게 하다 보면, 비로소 나다운 인생을 살아갈 수 있을 거야."

식당에서 나와 버스정류장까지 걸어갈 동안 김 씨는 똑같은 말을 이어 갔다. 하수는 김 씨가 버스에 오르는 것을 보고 나서 지하철역으로 발걸음을 옮겼다.

나는 지금 어디에 있는가?
나의 포지션은 어디인가?
나의 사명과 목표는 무엇인가?

05

진정한 삶의 가치를 찾아서

새로운 가치를 찾아 떠나다

입대를 3개월 남짓 앞두고 하수는 친구 용원이와 함께 약 2달 코스의 배낭여행을 떠나기로 작정했다. 혼자라면 힘들 것 같았지만, 친구와 함께라면 두려울 게 없을 듯했다. 또 그동안 꼼꼼하게 준비해 둔 친구 덕분에 여행 일정과 코스를 짜는 것도 무리가 없었다.

"내가 준비를 꽤 오래 해놨지. 아무리 힘들어도 꼭 그날 에너지의 10%쯤은 여행 준비에 정성을 쏟았거든. 너 오지 여행가로 유명한 한비야라고 알지? 내가 그 사람 책을 섭렵했잖아. 그중 압권은 역시 〈지도 밖으로 행군하라〉 아니냐? 읽어봤지?"

하수도 오지 여행가이자, 해외 봉사에 앞장서는 한비야를 알고 있었다. 대학교 1학년 때, 〈지도 밖으로 행군하라〉란 책 제목이 가슴을 설레게 해서, 어느 날 도서관에서 단숨에 읽었던 기억이 났다. 한비야는 자신을 바람의 딸이라고 하면서 세계의 오지를 찾아다닌 오지 탐험가이며, 여행가였다. 그녀는 잘 다니던 회사에 사표를 던지고, 어린 시절 계획해 두었던 '걸어서 세계 일주'를 위해 걸음을 내디뎠다고 하였다.

그리고 7년의 세월 동안 그녀는 세계 오지 구석구석을 걸어서 여행했다. 우리 땅의 구석구석과 세계 곳곳을 서슴지 않고 발걸음을 내딛던 그녀의 책을 읽고 가슴이 뜨거워지기도 했었다. 〈지도 밖으로 행군하라〉라는 그녀의 책 제목은 3포 세대, 7포 세대라 일컬어지던 답답한 그 시대의 젊은이들에게 숨통을 트이게 하는 메시지기도 하였다. 용원이는 한비야의 메시지를 새기기 위해 그녀의 책들을 모두 읽었다고 했다.

"어쩌면 우리에게 갑갑한 지금의 현실을 극복하기 위해서라도 지금 당장 떠나라는 말인지도 몰라. 나는 내 삶이 초라하게 느껴질 때마다, 심장이 멈출 것만 같을 때마다 꼭 여행을 떠나겠다고 다짐했었거든. 가슴 뛰는 미지의 세계로 같이 나가보자. 더 넓은 세상에서 더 큰 꿈을 찾을지도 모르잖아. 덕분에 우리 인생의 로드맵이 달라질지도 모르고 말이야."

친구와 마음이 일치되자, 여행계획은 일사천리로 진행되었다. 비용을 최소화하여 가능하면 인간의 한계를 극복할 수 있는 여행지와 무엇인가 깨달음을 얻을 수 있는 여행지를 우선으로 일정을 계획했다. 인도와 티베트 코스는 친구의 강력한 추천으로 일정 중 1순위로 정했다. 대략적인 비용을 뽑다 보니, 아시아 국가는 대체로 물가가 저렴했다. 좀 고생은 하겠지만, 젊은 패기면 충분히 이겨낼 수 있을 듯했다.

"지금 아니면 영원히 후회하겠지? 지금이 떠나기 딱 좋을 때지. 까짓것 그래 가보자."

그렇게 시작된 여행이었다. 하수는 여행하면서 자신이 무엇인가를 찾고, 바뀔 수 있을 것이란 막연한 기대를 하고 있었다. 잠시 멈추고 앞으로 나아가는 진일보의 시간이 되기를 바랐다.

삶의 선택에는 용기가 필요하다

"어쩌면 지금처럼 잠시 멈춰 설 수 있는 용기를 낸다면, 앞으로의 삶도 우리 스스로 선택할 수 있는 용기를 얻을지도 몰라."

우리의 삶을 스스로 선택한다는 친구의 말이 참 멋지다고 생각했다. '삶의 선택에는 용기가 필요하다. 용기를 낸다면 우리의 삶은 달라질 것이다. 아직 찾지 못한 삶의 가치를 찾을 수 있을지도 모른다.' 하수는 어쩌면 김 박사가 말하던 '본래의 나', '나의 자리', '나의 사명' 등을 여행에서 찾을 수 있을지도 모른다는 기대감이 들었다. 드디어 둘은 미지의 세계로 여행을 떠났다.

하수와 친구는 인도, 티베트, 네팔의 코스를 설계했다. 가난하지만 정신적으로 풍요로운 나라들이었다. 그리고 한 치의 망설임 없이 북인도 여행을 제일 첫 번째의 일정으로 삼았다. 한 번도 가보지 않은 낯선 인도를 친구는 모두 꿰뚫고 있는 듯했다. 그만큼 오래 준비한 곳이었음을 알 수 있었다. 어쩌면 용원이와의 동행이 자신에게 주어진 선물일지도 모른다고 하수는 생각했다. 인도 문화의 심장부인 라자스탄 지역의 자이푸르, 조드푸르, 우다이푸르, 자이살메르 등 도시를 둘러보고, 인도의 문화유적지가 가득한 북인도를 돌아보는 여정이었다.

"어쩌면 이제까지 우리가 경험해 보지 못한 놀라운 세상을 만날지도 몰라. 흥분되지 않냐? 나는 가슴이 벅차올라 잠이 안 와."

막연히 가보고 싶었던 인도, 늘 상상만 했던 인도로 드디어 떠나게 된 것이다. 하수는 친구와 함께 그렇게 지구 밖으로 행진하는 마음으로 비행기에 올랐다. 용원이는 공항에서부터 들뜬 마음을 어쩌지 못하더니, 인도 델리에 도착할 때까지 수많은 이야기를 쏟아냈다.

"라자스탄 지역은 인도의 심장부라고 할 수 있지. 먼저 자이푸르는 붉은 담홍빛 컬러의 건물들이 많아 '핑크시티'라고 불리는 도시로, 인도 문화가 가장 화려하게 꽃피었던 라자스탄의 중심도시라고 할 수 있지. 또 자이푸르는 '자이 왕의 성'이란 뜻인데, 18세기 초 암베르 왕국의 지배자였던 자이 싱 2세가 세운 거대한 성이자 도시지. 도시는 성벽으로 둘러싸여 고즈넉한 분위기를 자아내고, 내부는 정연한 바둑판 모양으로 잘 구획된 도시의 모습 같아."

친구는 꼭 인도를 몇 번 다녀온 것처럼, 말을 이어 갔다. 그만큼 수없이 머릿속으로 그리고 또 그린 결과였을 것이다.

"핑크시티와 다른 블루시티라 불리는 조드푸르는 1495년 독립 왕국이 세워지고, 16세기에 이르러 가장 무역이 번성했던 도시야. 라자스탄의 제2의 도시이며, 온통 푸른빛의 집들이 가득해 블루시티로 불리지. 모띠 마할, 메헤랑가르 성은 꼭 봐야 하는 곳이야. 조드푸르의 전경을 한눈에 조망할 수 있거든. 또 우다이푸르는 화이트 도시라 불리는데, 라자스탄 남쪽에 위치한 호반 도시로 영화 〈007 옥토퍼시〉의 촬영지로 유명해졌지. 화강암과 대리석 건물이 많아 '화이트 시티'로 알려졌지."

인도 여행책과 지도를 펼치고 동선을 잡으며, 용원이는 계속 말을 이었는데, 하수는 골드 시티라 불리는'자이살메르'를 설명할 때쯤에는 이미 눈을 감고 있었다.

인천공항에서 인도 델리까지는 대략 10시간 이상의 시간이 소요되었다. 델리 공항에 도착한 시간은 새벽이었다. 현지에 도착하면서부터 난관은 시작되었다. 예상대로 여정은 시행착오의 연속이었다. 친구가 챙겨온 인도 여행책과 지도는 무용지물이었다. 인도에서는 그저 인도의 삶에 적응하는 것이 우선인 듯했다. 열차 등 대중교통이 있어도 이용이 쉽지 않았다. 한번 기차를 타면 10시간 정도는 기본이었고, 가다가 멈추는 일도 많았다. 하지만 그 속에서 '본래의 나'와 마주하는 시간도 자연스레 찾아들었다.

본래의 '나'를 마주하는 시간

"고생은 이미 예상했어. 그런데도 내가 이번 여행을 포기하지 못한 이유는 내 삶을 포기할 수 없었기 때문이지. 나 스스로 선택할 수 있는 인생의 경험이 필요했거든. 하고 싶은 것, 억눌려 있던 것, 행복하고 싶은 내 마음의 소리를 듣고 싶었지. 그러기 위해서는 온전히 지금의 현실에서 벗어나 나 혼자 있는 시간이 필요했어. '나'와 마주하는 시간이 어쩌면 지금 우리에게 가장 중요한 것인지도 몰라. 인생의 진정한 가치가 바로 거기에 있다고들 하잖아?"

친구 말대로 우리는 '진짜 나'의 모습을 찾기 위해서 매일 험난한 길을 걷고 또 걸었다. 특히 인도에서는 고생을 많이 했다. 도시마다 수많은 인파가 거리를 가득 메우고 있었고, 이동하는 것부터 밥 먹는 것조차 힘든 나날이었다. 하지만 덕분에 하수와 친구는 여행하면서 수많은 사람의 인생을 볼 수 있었다.

여행이 매 순간 낭만적이고 좋은 것만은 아니었다. 비용과 시간의 한계 등으로 힘든 점도 많았다. 특히나 몸이 지칠 때면, 왜 여행을 떠나왔는지도 잊어버리고 집으로 돌아가고 싶은 마음이 굴뚝 같기도 했다. 짐을 짊어지고 매일 걸어 다니다시피 했다. 그러다 보니 잘 수 있는 곳에선 머리를 대면 죽은 것처럼 잠들었다. 하지만 하수와 친구는 헐벗은 땅을 걸으며 길에서 만난 사람들, 별이 쏟아지던 하늘, 갠지스강 강가의 삶과 죽음에 대한 경외감 등 매일 마주하는 새로움에서 다시 걸어갈 힘을 얻을 수 있었다.

많이 걷고, 많이 보고, 많이 만나고, 많이 멈추며 하루하루가 쌓여가자, 떠나기 전의 두려움과 첫발을 내디딜 때의 막막함은 하나씩 줄어들었다. 때론 한계가 드러나는 힘든 순간도 많았지만, 날이 갈수록 고생만큼 내공도 쌓여갔다. 하루하루 자신과 서로를 다독이는 과정을 통해 무언가 뜨거운 것이 가슴에 차오르는 느낌이었다.

'어떤 게 본래의 나인가? 어떻게 살아가야 하는가?'

그렇게 지낸 2개월의 여정은 하루하루가 짧기도 하고, 길기도 한 시간이었다. 하수는 '스스로 살아간다는 것은 무엇인가? 삶이란 무엇인가?'를 깊이 고민할 수 있었고, 또 친구와의 대화를 통해 자신의 모습을 거울처럼 마주할 수 있는 시간이기도 했다. 가장 큰 깨달음은 자신의 인생은 스스로 결정해야 한다는 것이었다. 그것으로 여행의 보람은 충분했다.

'그냥 지나치는 시간은 없다. 매 순간이 너의 인생임을 잊지 말아야 한다.'라던 김 박사의 말이 떠오른 건 갠지스강에서 하늘의 별을 보던 어느 날 밤이었다. 그날 밤 버스는 거대한 대지 위에 멈추어 있었다. 버스가 고장이 났었는데, 사람들은 아무런 불만 없이 그저 대지 위에 누워서 밤을 지새우며 별을 보고 있었다. 여행 기간 내내 하수와 친구는 수많은 별을 보고, 현지인과 이야기하고, 여행지에서 만난 낯선 이들과 토론하며 밤을 지새우기도 했다. 그리고 다시 못 올 그 시간의 기록을 위해 사진을 찍고, 메모했다. 잠시 주저앉아 있을 때나, 버스, 기차 안에서도 메모했다. 하루의 일정이 끝나면 침대에 엎드려 짧은 여행기를 남기다 잠들기도 했다.

여행의 후반기에는 다리에 힘이 붙고 마음에도 근육이 생기는 느낌이었다. 그렇게 롤러코스터 같았던 순간도 많았지만, 서로 의지하면서 무사히 여행을 마무리했다.

지금 돌이켜 보면, 배낭여행을 통해 둘은 매우 많이 바뀌었다. 가장 많이 바뀐 것은 '생각하는 방식'이었다. 친구 녀석은 여행을 다녀온 후 다시 복학과 휴학을 이어 가며 꽤 오랫동안 대학을 다녔다. 돈이 떨어지면 학교를 휴학했고, 또 돈을 벌면 다시 학교를 다녔다. 그리고 전역 후에는 학교생활을 하면서 여행사 아르바이트를 시작했다.

"사람이 가장 소중히 여기는 가치이자 인생의 방향이며, 궁극의 지향점은 무엇일까? 아마도 나에게는 지금 걷고 있는 이 길이 그런 것이 아닐까 하는 생각이 들어. 이제껏 살아오면서 내게 선명한 것은 아무것도 없었거든. 자욱한 안개 속을 걷는 느낌이거나, 늘 선택의 여지가 없는 끝이 보이지 않는 어두운 터널을 걷는 느낌이었는데 말이야. 그런데 지금에서야 내가 걸어갈 길이 선명히 보이기 시작하는 것 같아."

"이번 여행에서 난 내가 좋아하고 사랑하는 것을 발견한 것 같아. 저기 별처럼 빛나는 인생을 살고 싶어. 돈을 많이 버는 것보다 의미 있는 인생 말이야."

당시 사막을 건너는 트레킹 코스를 걸으며, 친구 용원이가 말했었다.

여행을 통해 친구는 누구보다도 밝아졌고, 여행사 아르바이트를 시작하면서도 좋아하는 일을 하게 되어 기쁘다고 말했다. 그리고 대학을 졸업한 이후로는 좋아하는 여행을 하며 일할 수 있는 여행사에 취업했다. 하수 역시 여행을 가기 전과는 달리 가치관, 꿈이 더 선명해진 느낌이었다. 여행은 허울을 벗어 던지고 본래의 자신과 마주할 수 있었던 정말 소중한 시간이었다.

내가 진정 원하는 게 무엇인지. 가슴을 뛰게 하는 일이 무엇인지, 진지하게 생각해 볼 수 있었던 여행을 통해 무엇보다 '어떤 삶을 살아갈지는 스스로 결정하는 것'이 중요하다는 큰 깨달음도 얻었다.

나를 마주하는 기술

나를 마주하는 시간을 만들어라.
홀로 있는 것을 겁내지 마라.
인생은 혼자다. 홀로 독립하라.
홀로 있어야 본연의 나와 마주할 수 있다.

몸이 정신을 깨운다

여행을 마치고, 군 복무를 하면서 조금씩 치유가 된 하수는 짧은 방황의 시기를 무난히 넘길 수 있었다. 그리고 다시 2학년 가을 학기로 복학했다. 입대 전의 다소 나빠진 성적을 올리기 위해 최선의 노력을 다했다. 4학년이 되어서는 거의 매일 도서관에 살다시피 하며 노력했다. 그러다가 가끔 답답할 때면, 늦은 밤에 친구들과 어울려 농구 시합을 했다. 취업 스트레스를 날리고 공부에 대한 부담감을 떨치기에 농구만큼 좋은 방법이 없었다. 마지막 학기가 시작된 어느 날, 선후배들과 함께 농구 시합을 끝내고 한 선배가 목을 축이며 말했다.

"난 말이야. 골을 넣는 스포츠가 참 좋아. 축구건 농구건 골이 들어갈 때, 촤악~하고 그물망이 출렁이며 공이 쏙 들어가는 골인의 순간이 참 맘에 들어. 만약에 저 골망이 없으면 골 맛이 이렇게까지 흥분되지는 않을 거야. 그치? 골인의 환희가 날 살아나게 하는 것 같아."

"'몸을 깨우면 정신도 깨어난다'라는 말 들어봤지? 정신적인 삶을 중요시하는 수행자들이 그들의 삶으로부터 터득한 것인데. 몸의 신경세포들이 살아나면, 긍정의 힘이 마음마저 살린다는 거야. 우울감이나 무력감이 찾아들 때, 몸이 마음의 기운을 깨운다는 거지. 그러니까 너무 도서관에만 박혀 있지 마. 건강한 정신을 유지하기 위해선 건강한 몸이 먼저일지도 몰라. 무조건 책만 들여다본다고 취업의 답이 나오진 않잖아?"

하수도 선배의 말에 전적으로 동의했다. 땀을 흘리며 농구를 하다 보면, 답답한 가슴이 풀어지는 것 같았다. 한 골 한 골, 골을 넣다 보면 성취감이 커지고, 왠지 모를 자신감도 커지는 느낌이었다. 특히 손을 떠난 공이 포물선을 그리며 골망으로 빨려들 듯이 들어가는 골인의 쾌감은 무언가 답답한 가슴을 뻥 뚫어주는 느낌이었다.

"인류가 지금처럼 운동량이 줄어든 건 어쩌면 산업혁명의 폐해라고도 할 수 있으니, 고작 250여 년밖에 되지 않아. 먹이 사냥이나 노동의 강도가 낮아지고, 생활이 단순화되고 편해졌지만, 과학

기술이 진보하면서 사람들의 '움직임'은 점점 줄어든 거지."

한 차례 몸을 쓰며 운동을 하고 나면, 마치 자기 내면에 잠재해 있던 긍정의 유전자가 자신의 마음을 깨우는 것이 분명했다. 사실 종일 도서관에 앉아있으니, 몸이 점점 불어나는 느낌이었고, 목표에 대한 부담감도 덩달아 불어나는 것이 사실이었다. 그래서 점심이나 저녁을 거르기 일쑤였고, 군것질거리로 한 끼 식사를 때우는 것이 늘어가던 때였다.

선배의 이야기를 들은 이후 하수는 건강한 정신을 위해 아침에 학교 운동장을 뛰고, 일주일에 며칠은 의식적으로 농구를 즐기려 노력했다. 점점 습관이 되어가자, 몸이 먼저 반응했고, 공부와 취업에 대한 심리적 부담감도 줄어드는 느낌이 들었다.

좋은 습관이 몸에 배고 나니, 일상에서도 스트레스는 줄고 자신감은 높아가고 있음을 체감해 가고 있었다. 행복한 기운이 온몸을 감싸는 느낌을 몸이 기억해, 마음을 깨우는 좋은 에너지원이 되고 있었다. 공부에 대한 집중력도 생기는 것 같았다.

하수는 운동이 주는 자극을 명확히 기억하는 자기 몸이 신기하기도 했다. 하고 싶은 마음을 행동으로 몸에 습관화시키면, 정신이 따라가는 선순환이 일어났다. 좋은 습관을 통해 몸과 마음이 저절로 순환되는 것이었다. 그렇게 습관이 생기자, 농구를 즐기는 시간은 매우 규칙적으로 되었고, 스포츠 선수들의 집중력과 목표 의식에 대한 관심도 높아졌다. 마음 한구석에서 '골인시키자!'라는 성취욕이 커지면서, 인생의 '골'이라 여긴 성공에 대한 막연한 자신감이 생기기 시작한 것도 이 무렵이었다.

골인의 환희를 기억하자

규칙적으로 농구를 하면서 슛을 던지기 직전 극도의 몰입감으로 바스켓을 응시하고, 슛을 던질 때는 몸이 살아나고 정신도 맑아지는 느낌이었다.

"옛 어른들의 말 중에 '먹어본 놈이 장땡이다.'라는 말이 있듯이 사람은 본래 경험적 동물이라 골도 넣어본 사람이 골을 더 잘 넣을 수 있지 않을까 하는 생각이 들어. 인간은 의식 중이건, 무의식의 상태에서건 경험을 통해 학습하고 배우며, 자신의 경험치를 극대화시킨다고 하잖아? 골인의 환희를 느껴 본 사람만이 그 성공의 환희를 기억해 또다시 골을 넣으려고 달리는 농구처럼 말이야."

"이런 욕구는 운동선수나 연예인 등 무대나 필드의 경험이 많은 사람들이 더 강해 보여. 그들은 그러한 경험을 바탕으로 다시 노래를 부르고, 골을 넣는 거지. 즉, 매번 그라운드나 무대에서 자신만의 성취감을 느끼고, 기억하고, 떠올리며, 그걸 연료 삼아 또다시 달리고 노래를 부르는 것 같아. 안 그래?"

"하지만 대부분 사람은 그들처럼 성취를 느끼는 순간이 많지 않지. 반복되는 일상에서 얻을 수 있는 성취는 열심히 해도 성취감이 크지 않으니까. 그렇게 본다면, 매일 새롭게 넣을 수 있는 골, 매일 새롭게 부를 수 있는 무대가 있는 그들이 부럽긴 해."

하수는 선배의 이야기를 들으며 생각했다. '그렇다면 나의 무대, 나의 골은 무엇일까? 내가 매일 성취감을 느낄 수 있는 일은 없을까? 어떻게 찾을 수 있을까?'

골 때리는 감독과
코치진

06

중소기업에 입사하다

하수는 졸업 후, 1년 넘게 취업에 매달렸다. 먼저 대기업과 경쟁력을 갖춘 중견기업들의 문을 두드렸으나, 번번이 실패를 거듭했다. 학점이 낮은 수준이 아니었지만, 지방대 출신이라는 한계가 늘 고배를 마시는 이유가 되는 것만 같아 좌절하기를 거듭했다.

대기업 취업에 20번 이상의 고배를 마신 후, 하수는 고향 통영으로 내려가 한동안 형의 양식 일을 도우며 지냈다. 하수는 하루라도 빨리 사회생활을 시작해 아버지의 소망처럼 커다란 바다에서 큰 꿈을 펼치고 싶었다. 하지만 아버지의 소원인 큰물에서 큰 꿈을 이룰 자신감이 점점 줄어들고 있었다. 대기업 입사를 꿈꾸던 그에게 규모가 작은 중소기업은 왠지 초라하게만 느껴졌고, 자신의 미래조차 작아지는 듯 여겨졌다.

'내가 가야 할 길은 어디인가요? 아버지!'

하수가 다니는 회사는 중소기업이다. 스포츠용품을 제조하여 백화점 등에 납품하는 회사다. 당시 면접관의 질문이 떠오른다. 면접관의 질문에 대한 대답은 따로 준비했었지만, 농구에 대해서는 따로 준비하지 않은 의외의 질문이었다. 하지만 빠르게 마음을 추스르니, 전에 함께 농구를 하던 선배가 했던 말이 떠올랐다.

"전공은 경영, 특기는 수영이고, 취미가 농구라고 하는데, 농구의 매력이 뭐라고 생각하나요?"

입사 전에 꼼꼼하게 조사해 본 이 회사는 다양한 스포츠용품을 만드는 회사였고, 그중 농구공을 주력으로 하는 구기 종목의 볼은 국내시장을 석권하고 아시아로 시장을 확장하고 있었다.

"농구 코트는 마치 현대사회의 축소판 같습니다. 다른 구기 종목들도 매력이 있지만, 농구는 다른 스포츠보다 스피드한 것이 현대의 시대적 트렌드와 비슷하다고 생각합니다. 매우 빠르고 역동적으로 전개되는 것이 우리나라의 다이내믹한 사회패턴과도 닮았습니다. 또 농구에서 가장 중요한 것이 개인기와 팀워크인데, 중소기업은 개인이 능력을 충분히 발휘할 수 있어 대기업보다 더 미래지향적이라고 생각합니다. 또한, 농구는 자기 스스로 개인의 능력을 키워 팀워크를 이룬 다섯 명이 골을 이루어 내는 골든골과 같은 중소기업의 모습과 비슷한 것 같습니다. 골든골 역시 농구와 마찬가지로 개인의 능력을 키우고 팀워크를 다지면서 전체가 하나의 목표를 지향한다면, 그 어떤 기업보다 더 좋은 성과를 이룰 것으로 생각합니다."

그때 하수는 이렇게 대답했던 기억이 난다. 특별히 준비한 대답이 아니었지만, 꽤 괜찮은 답변이었다고 생각했다. 그리고 이틀 후에 회사로부터 연락이 왔다. 고향에 내려가서 형이 하는 양식일을 돕고 있었는데, 전화벨이 울렸다. "박하수 씨, 축하합니다. 다음 달 1일부터 출근하시면 됩니다."

수십 번의 응시와 면접을 치르면서 지칠 대로 지쳐있었다. 취업 준비를 함께하던 동기와 선배 몇몇은 취업에 성공했고, 또 몇몇은 국가고시를 준비한다며 서울로 상경을 했던 때였다. 하지만 돌아가신 아버지의 바람처럼, 큰물에서 놀기 위해 대기업에서 일하고 싶은 마음은 여전했다.

"됐데? 합격이라나?"

대기업에 대한 미련이 크게 남았지만, 이미 취업의 적령기를 지나고 서른이 코앞이라, 묵묵히 취업 뒷바라지를 하는 어머니와 형을 보고서 마음을 다잡았다. "하수야, 엄마는 아무렇지도 않다. 어데 꼭 큰 회사만 회사더냐? 작은 데서부터 착실히만 하면 잘 풀릴 끼다. 작은 회사서는 일도 빠르게 잘 가리친 담서. 열심히 해서 퍼떡 장가도 가고 해야지."

그렇게 중소기업이라도 취업을 바라는 가족들의 마음을 하수는 모른 체 할 수가 없었다. 다행히 졸업 전 따놓은 몇 가지 자격증이 입사에 도움이 되었다. 그렇게 첫 직장생활을 위해 하수는 통영의 바다, 아버지의 바다를 뒤로하고 서울로 올라왔다. 직장생활의 시작을 필드에 서는 것이라고 말하는데, 하수에겐 열심히 달려야 할 필드로 좀처럼 받아들여지지 않았다.

'이렇게 작은 중소기업에서 내가 무슨 큰 꿈을 이룰 수가 있을까?'

하수는 아버지의 말처럼, 큰 바다의 고래가 되고 싶었다. 그 때문에 대기업에 입사하지 못하고 작은 중소기업에 입사한 자기 모습이 볼품없다고 여겼다.

"대기업과 중소기업의 차이가 무엇이라 생각하나?"

입사한 뒤 신입사원 면담 시 사장님이 던진 질문이었다. 사장님은 입지전적인 인물로 정평이 나 있었다. 사장실로 들어가기 전에 총무팀의 고 부장이 간단한 회사 소개와 사장님에 대한 설명을 진행했다. 오늘은 일종의 오리엔테이션으로, 3개월 수습 기간을 시작하기 위한 첫인사였다.

"중소기업 직장인과 대기업 직장인은 무엇이 다르다고 생각하나?"

동기들은 간단히 자신의 의견을 피력하였으나, 하수는 잘 모르겠다는 무성의한 대답으로 넘겼다. 뜬구름 잡는 질문에 대답의 필요를 느끼지 못했기 때문이다. 그러자 사장님이 다시 질문을 던졌다.

"자네는 아직 해답을 못 찾았나 보군. 나중에 또 한 번 물어봄세. 시간을 가지고 생각해 보게나. 힌트를 준다면, '꿈'이라고 할 수 있지. 중소기업 직장인과 대기업 직장인이 꾸는 꿈은 조금 차이가 있으니, 잘 고민해 보게."

"근데 자네 이름이 뭔가?"
"네, 박하수입니다."
"하하하. 박하수, 이름이 좋구만. 활력이 넘치는 바카스? 별명

으로 어떤가? 하하하. 바쿠스(Bacchus)가 본래 로마신화에 나오는
술의 신인데, 자네는 술 좀 하겠구만. 자네는 술의 신도 되고, 우
리 회사의 에너자이저가 되면 좋겠구만."

하수는 그날 이후 회사에서 미스터 바카스(Bacchus)라 불리기
시작했다.
"어이 바카스, 피로 좀 날려버리게, 건배사 멋지게 한번 해봐!"

하수는 어린 시절부터 별명이 박카스였다. 그리스 신화에 등장
하는 술의 신, 디오니소스(Dionysos)를 로마신화에서는 바쿠스라
고 했다. 바카스·바쿠스·바커스 등으로도 불리지만, 원래 뜻은 '어
머니가 둘인 자'를 뜻한다. 본래 디오니소스는 대지의 풍요를 주
재하는 신인데, 포도 재배와 관련되면서 술의 신이 되었다.

바카스라 불리는 사나이

하수는 그날 이후 회식 자리에서는 신입사원을 대표해 건배사
를 줄곧 하게 되었고, 회사의 '피로 회복제' 또는 '에너자이저'로
불렸다. 현장에서나 사무실에서도 "어이, 바카스. 나 오늘 좀 피곤
한데, 어떻게 피로 좀 풀어줄 방법 없나?"라며 우스갯소리를 하곤
했다. 처음에는 탐탁지 않았지만, 익숙해진 후에는 그렇게 불리는

것이 내심 싫지는 않았다. 젊은 직장인의 이미지, 열심히 일하는 직장인의 피로를 풀어주는 긍정적 이미지가 나쁘지 않았기 때문이다.

'진짜 누구에게나
유쾌하고, 상쾌하고, 통쾌한
피로 회복제 같은 사람이 되어볼까?'

"어이 바카스! 어떻게 야근해도 그렇게 쌩쌩하지? 비법 좀 알려주면 안 되겠나?"

간혹 회사의 분위기가 좋지 않거나, 선배들의 컨디션이 다운되어 있는 분위기가 감지되면, 하수의 별명은 '상쾌한 활력소' 역할을 했다. 그렇게 불리면서 무언가 자신의 긍정적 에너지가 살아나는 느낌이 들기도 했다. 사장님 이하 직원들도 그를 늘 바카스라 불렀고, 그는 어느새 회사에서 기분 좋은 신입사원, 에너지가 넘치는 신입사원의 이미지로 각인되는 행운을 얻은 셈이었다.

아침 출근길에 혹여 선배들을 만나면, "어이 바카스, 굿모닝!!!" 하는 큰 목소리 때문에 난감할 때도 없지 않았지만, 회사 입구에서부터 "바카스 씨, 오늘도 파이팅!"하며 경례하는 경비아저씨의 인사가 하루의 시작을 유쾌하게 만들기도 했다. 또 간혹 거래처를 찾아갈 때도 하수는 '박카스'를 들고 거래처를 찾았고, 회사의 누군가가 피곤해하거나, 지쳐있을 때면 서랍 속에서 박카스 한 병을 꺼내어 권했다.

사장님이 하수와 동기들을 다시 찾은 것은 3개월간 수습 기간이 거의 끝날 무렵이었다. 현장에서 공장장을 따라 현장 실습을 하고 점심을 마치자, 사장님이 하수와 동기들을 불렀다. 세 사람은 사장실에 들어가 둥그런 원탁의 의자에 앉았다. 업무를 보던 사장님은 "어서들 오게나!" 하며 일어나 손수 커피를 타서 신입사원들에게 잔을 건넨 후 자리했다.

"뜨거우니 천천히들 마시게나. 어떻게 회사 생활은 할 만한가? 다음 주면 수습 기간도 끝나지?"

하수는 처음 입사할 때 잠시 사장실에 들렀었다. 하지만 그 당시엔 정신이 없어 보지 못했던 사장실의 구조를 찬찬히 살펴볼 기회가 되었다. 가지런한 책장 앞에 책상이 놓여있고, 중앙에는 둥그렇고 기다란 타원형 테이블이 전부인 사장실은 간결하게 보였다. 그중 가장 눈에 띈 것은 원탁 테이블 가운데에 놓인 지구본이었다. 보통의 농구공보다 크기가 조금 커 보이는 특이한 지구본이었다.

꿈의 크기에 대한 물음

사장님은 농구공 형태의 지구본을 손으로 천천히 돌리며 이야기를 시작했다. "혹시 농구의 역사에 대해 알고 있는 사람이 있나? 농구에 대해 잘 알고 있는 사람이 있으면 한번 말해보게."

하지만 누구도 사장님의 질문에 대답하지 못했다. 농구공을 만드는 회사라고 해서, 농구의 역사를 꼭 알아야 한다는 것 자체가 좀 웃기는 이야기인 듯했다.

"하하하, 괜한 질문을 했네. 그나저나 입사 때, 내준 질문에 대한 답은 찾았나? 대기업과 중소기업의 차이 말일세? 힌트까지 주었는데, 모르겠나?"

그러나 두 번째 질문에도 하수와 입사 동기들은 멋쩍게 미소만 지을 뿐 아무 말도 하지 못했다. 그러자 사장님이 말을 이었다. "대기업에 다니는 직장인과 중소기업에 다니는 직장인의 꿈은 누구의 꿈이 더 크다고 할 수 있을까?"

하수는 3개월 전에 그 질문을 받고 줄곧 출퇴근 시간 동안 '꿈'에 대해서 생각했다.

중소기업 직장인의 꿈이란, 무엇일까?

꿈에도 크기가 있는 것인가?

큰 꿈과 작은 꿈, 그 기준은 무엇인가?

"이 지구본, 멋있지 않나? 나도 처음부터 농구공을 만들던 회사의 사장이 아니었지. 누구나 막내의 시절이 있듯, 여러분처럼 나도 봉제공장 막내로 입사했었지. 예전에는 동대문 근처가 모두 봉제공장이었는데, 신발도 만들고 의류도 만드는 작은 가내 수공업 형태의 공장들이 골목 안에 빼곡했지. 그때까지도 많이 못 배우고 가정 형편이 어려운 이들이 고향을 무작정 떠나 기차를 타고 서울역에서 내려 일자리를 며칠 동안 찾아다니기도 했었지. 그렇게 종로와 동대문에서 일자리를 찾아다니던 중에, 당시 호황이던 봉제공장에 기술을 배우려고 취직을 했지."

잘 알지는 못하지만, TV나 미디어 매체를 통해 한 번쯤 들어본 이야기라 다소 지루함이 없지 않았다. 그리고 도대체 왜 그런 질문을 하는지, 무슨 대답이 듣고 싶은지도 알 길이 없었다. 하수와 동기들은 어떻게든 이 시간이 지나, 빨리 자리에서 벗어나고 싶은 마음뿐이었다.

"하하, 좀 고리타분한가? 고리타분하지만 시대는 변했어도 모든 세상의 원리와 인생은 모두 비슷한 진리로 통한다네."

하수는 지루함을 없앨 겸, 원탁 테이블에 놓여있는 지구본에서 한국의 지도를 찾고 있었다. 그리고 친구와 함께 여행을 다녔던 인도와 티베트도 눈으로 찾아보는 중이었다.

"이 지구본, 좀 색다르지 않나? 이런 건 본 적이 없지? 이건 내가 스물일곱 살 때 직접 만든 것이지. 손으로 한 땀 한 땀 조각을 이어서 말이야."

하수와 동기들은 잠깐 놀랐다. 사실 하수는 커다란 형태의 농구공, 아니 지구본은 회사의 상징으로 공장에서 제작한 것으로 생각하고 있었다. 그런데 저 손때 묻은 지구본이 벌써 30년이 지났다는 것, 또 사장님 손으로 직접 만들었다는 것이 놀라웠다.

"하하하, 자네들 나이보다 오래된 공일세. 공 크기도 보통 공과는 좀 차이가 나지? 일부러 크게 만든 것이네."

그리고 사장님은 지구본을 받치고 있는 받침대를 들어 작게 쓰인 글씨를 보여주며, 읽어보라고 했다. 모두 입을 맞춘 듯이 이구동성으로 그 글씨를 읽어 내렸다.

'내 인생의 커다란 골, 세계 최고의 골을 만들자.'

비뚤배뚤 쓰인 글씨는 몇 번을 덧대어 쓴 글씨처럼 오랜 시간에도 지워지지 않아 선명하게 읽혔다. 사장님은 하수와 동기들의 눈을 보고 말을 이었다.

"이게 나의 꿈이었다네. 자네들과 비슷한 나이 때에 내가 꾼 꿈이지. 내가 열아홉에 서울에 상경해 공장을 다니면서 계속 꾸었던 꿈은 오직 내 공장, 내 회사를 차린다는 생각뿐이었어. 그때 이 농구공을 만드는 공장에 다녔는데, 그때는 갖가지 공을 다 만드는 회사였지. 조그만 탁구공, 야구공에서부터 축구공, 배구공, 농구공을 만드는 회사였는데. 나는 이 농구공의 커다랗고 붉은빛이 마음에 들었지. 그래서 막연히 농구공을 만드는 회사를 차릴 것이라는 목표를 세웠네. 그때가 스물일곱이었으니까, 지금 자네들 나이쯤 되었을 거야."

사장님은 직장 동료들이 모두 퇴근한 어느 날, 새벽까지 자신의 커다란 꿈을 위해 실제 농구공보다 큰 공을 손수 만들어 지금까지 지니고 있었다.

"그때 집으로 돌아가는 길에 얼마나 기분이 좋았는지 모르네. 큰 꿈을 목표로 세우니까, 그때부터는 농구공만 보이더라고. 비록 학교를 제대로 나오지는 못했지만, 그때부터 농구를 공부했지. 농구의 역사에 관해서 공부도 하고, 휴일이면 농구장을 쫓아다니기도 하고 말이야. 내가 여러분을 오늘 부른 것은 여러분만의 큰 꿈을 꾸라는 것을 알려주고 싶었네. 그리고 반드시 꿈을 자기 눈에 보이게 만들어 보라는 거야. 꿈은 꾸는 것이 아니라 구체적으로 만드는 것이라는 것을 꼭 알려주고 싶었다네."

나의 꿈을 그려라.
꿈은 마음에 있는 것이 아니다.
꿈은 눈에 보이는 것이 꿈이다.
나의 꿈, 나의 골을 시각화하라.

07

작은 골, 작은 인생은 없다

인생은 꿈꾸는 자의 몫

사장님의 말씀은 계속 이어졌다.

"난 아직도 꿈을 만들어 가는 중이라네. 농구공에 지구본을 그린 것은 내가 회사를 차리면서 그린 것이지. 우리나라 최고의 스포츠 용품을 만들어 전 세계로 수출하는 꿈을 그린 것이라네. 우리가 만든 농구공이 농구의 종주국인 미국에서 팔린다면 얼마나 기쁜 일인가? 이 농구공이 그 상징이며, 내가 나의 꿈과 한 약속이지."

사장님은 지금 회사에서 수출하고 있는 아시아 지역의 국가를 지구본, 아니 황금색의 농구공을 돌려가며 가리켰다. 현재 회사에서는 중국과 일본, 동남아 여러 곳에 수출하고 있었고, 지난해부터는 유럽 몇 개국에 거래 의사를 타진하고 있다고 했다.

"인생은 꿈꾸는 사람의 몫일세. 이 공은 나의 첫 번째 꿈이라고 할 수 있지. 여러분의 꿈은 무엇인가? 사람은 언제 어디서건 꿈을 꾸고, 그 꿈을 위해서 노력할 때 행복한 인생을 만들어 갈 수 있다네. 꿈이 있다면, 아무리 힘든 일도 버텨낼 힘이 되는 것이니까. 실패와 고난에도 좌절하지 않는 힘이 바로 마음속의 커다란 꿈이란 말일세. 여러분도 자신의 골든골을 찾아 꿈을 꾸길 바라네."

사장님의 말씀은 꽤 오래도록 이어졌다. 우리에게 반드시 꿈이란 단어를 각인코자 작정을 한 것 같았다.

"꿈이란 무엇인가?"로 시작된 사장님의 꿈에 대한 이야기는 계속 이어졌다. 대략 한 시간 남짓을 사장님은 꿈을 꾸는 방법과 꿈을 구체화하는 것, 꿈을 위한 실행의 과정까지 자기 경험을 바탕으로 설명하고 있었다. 처음엔 '도대체, 우리한테 왜 이래?'라고 삐딱하게 생각하는 눈빛을 보이던 하수와 동기들은 어느덧 그 꿈에 대한 장황한 이야기에 빠져들고 있었다.

"나는 꿈을 '골'이란 말로 표현하는 것을 좋아하네. 일종의 직업병이라 할 수 있지. 여러분에게 지금은 자신의 첫 번째 골을 찾아

야 하는 때라고 생각되네. 나만의 첫 번째 골 말이야. 첫 번째 골
을 통해 여러분들도 자신만의 인생의 골든골을 이룰 수 있을 테니
말이야."

"그럼, 각설하고 내가 지난번에 내준 질문에 대한 답을 말해주
겠네. 알다시피 중소기업보다 대기업의 장점이 아주 많지. 연봉도
좋고, 회사 차원의 복지가 좋으니, 그만큼 평탄하고 무난하지. 하
지만 이제 그 개념이 바뀌었네. 예전만 해도 대기업에 취업하면
평생직장을 보장받을 수 있었지만, 이젠 평생직업의 시대란걸 자
네들도 알고 있잖은가? 꿈도 마찬가질세. 유명하고 큰 회사에 다
닌다고 내가 유명하고 내 꿈이 크다고는 말할 수 없지. 지금 시대
는 오히려 우리 같은 중소기업 직장인들이 더 큰 꿈을 키울 수 있
다네."

하수 역시 대기업 취업을 포기하면서, 생각해 본 것이기도 했
다. 어쩌면 정년이 보장되지 못한 지금의 직장문화에서 중소기업
에 취직하면 더 나을지도 모른다는 생각을 막연히 했었다.

"대학을 졸업하고 취업하는 나이가 이제는 30살 전후일세. 수
많은 스펙을 쌓아 대기업에 취직한다 해도 50살 전·후에는 누구
든 직장에서 물러나야 한다면, 100세 시대에 나머지 50년은 어떻
게 할 것인가 말이야."

고향 집을 떠나올 때 형이 어깨를 두드리며 한 말이 떠올랐다.

"요새는 월급 좀 더 받으면서 기계처럼 사는 거보다는 하나부터 열까지 혼자서 할 수 있어야 승산이 있다. 당장 여기도 젊었을 때 번듯하게 넥타이 매고 다니던 사람들이 내려와서 뱃일하고, 양식 일하는 사람이 의외로 많다. 퇴직하고 본께 혼자 할 수 있는 게 없는기라. 노후가 걱정되니까 뒤늦게 후회하고 내려오는 기지.
요즘 젊은 애들 보면 조금만 힘든 일이라면 손도 안델라칸다. 근데 아무도 하기 싫어하는 그게 요새는 틈새고, 경쟁력이고, 기회가 될끼다. 기왕지사 시작하는 거 하나부터 열까지 전부를 배운다 생각하고 열심히 해봐라."

형은 위로와 격려를 섞어 하수에게 중소기업도 충분히 희망이 있다는 말을 에둘러 표현했다.

잠시 딴생각을 하는 사이, 사장님의 말씀은 계속되고 있었다. 하수는 차 한 모금을 마시고 사장님의 말씀을 메모하기 시작했다. 사장님의 말씀은 신대륙을 발견한 콜럼버스의 이야기를 지나, 발명왕 에디슨의 이야기로 옮겨가는 중이었다.

"세상의 모든 것은 레오나르도 다빈치와 토머스 에디슨이 만든 것이라고도 할 수 있지. 그들도 당시에는 세상에서 가장 골 때리는 인간들로 취급받았지. 특히 토머스 에디슨은 어린 시절 거위알을 품은 이야기도 있잖나. 그런 에디슨이 모두 1,000여 개의 특허와 2,000여 개의 발명품을 만들었네. 모두 자신의 꿈을 믿고 실패를 두려워하지 않고 도전했기 때문이지. 당시에는 골빈 아이라고 취급을 받던 사람이 골든골을 이룬 셈 아닌가."

그렇게 이어진 사장님의 꿈 스토리는 '골을 때리는 이야기'로 결론지어졌다. 골을 때리는 인간만이 골든골을 이룰 수 있다는 것이었다. 요약하면 골을 찾아 골을 때리는 사람이 옹골찬 결실을 이룬다는 것, 또 무엇이든 지치지 말고 골백번 시도해야 한다는 것 등등 수많은 골 이야기였다.

하수와 동기들은 너무 많은 '골' 스토리에 골이 아플 지경이었다. 하지만 하수의 마음속에는 한마디 말이 남아 있었다. 그 말은 바로 '나의 첫 번째 골을 찾아라!'였다. 사장님은 잠시 망설이다가 말을 이어 갔다.

중소기업 필드의 특징

"내가 자네들한테 숙제를 하나 주지. 자네들, 대기업과 중소기업의 차이가 뭔 줄 아나? 다음 주까지 중소기업과 대기업의 차이에 대해서 구체적으로 알아보게. 자네들은 지금 농구장에 빗대자면 후보선수일세. 후보선수가 가장 먼저 알아야 할 곳이 바로 필드나 그라운드의 특성이 아니겠나? 내가 뛰고자 하는 필드를 잘 이해하는 것이 먼저란 말이네. 내 말이 맞지 않나? 필드를 알아야 게임의 법칙과 룰을 이해할 수 있고, 그래야 현장에 맞는 기술과 능력을 찾을 수 있지 않겠나? 우리 회사에서 일하기로 마음먹은 이상 작은 기업과 큰 기업의 차이를 정확히 이해하고, 작은 운동장과 큰 운동장에서 필요한 역량을 찾아본다면, 그 속에서 경쟁력을 찾을 수 있지 않을까 하는데. 한번 찾아보게나."

중소기업은 대기업보다 작은 기업이다. 우리나라는 대기업 위주의 경제 구조상 중소기업이 성공하기는 힘든 것이 사실이다. 그렇다면 몇몇 성공 가도를 달리는 중소기업은 어떻게 탄생한 것일까? 하수는 사장님의 많은 말속에서 성공을 이룬 작은 기업, '강소기업'이란 말이 계속 머리를 맴돌았다. 기업의 규모와는 별개로 중소기업만의 상대적인 강점이 분명히 있을 것 같았다.

하수와 동기들은 휴일을 이용해 사장님이 주신 숙제를 해결하기로 했다. 사실 종업원 100여 명 남짓의 작은 회사를 운영하면서 대기업, 중소기업을 운운하는 것이 마음에 들지 않아 별로 관심이 없었지만, '그라운드의 특성'이란 말이 계속 머리를 맴돌았다.

하수는 어차피 받은 숙제이니, 동기들과 함께 휴일을 이용해 여의도 국회도서관에 가서 중소기업의 자료를 찾아보기로 했다. 마침 4월 말에 접어들며, 여의도 윤중로에 벚꽃이 한창이었다. 서울에 올라와 살고 있지만, 벚꽃 구경을 나선 적은 없었다. 그래서 숙제를 겸해 여의도에서 동기들을 만나기로 한 것이다. 사실 하수는 대기업 본사들과 증권가가 몰려 있는 여의도에서 꿈을 이루고 싶었다.

셋은 각자 나누어 자료를 찾아보고, 이를 기초로 여의도 둔치에서 벚꽃을 보면서 자유롭게 토론하기로 계획을 세웠다. 동기 정욱이는 중소기업에 대한 개론적 이해와 우리나라 중소기업의 현실 등에 대한 자료를 수집하고, 여자 동기 세빈이는 중소기업의 미래를 키워드로 나아갈 방향을, 하수는 성공한 중소기업에 대한 국내·외 사례를 찾아보기로 하였다. 자료가 방대하면 전체적인 개념만 이해한 뒤, 각자의 자료를 공유하며 저녁까지 얘기를 나누기로 했다. 하루를 어차피 여의도에서 보낼 계획이었고, 모자라면 주중에 퇴근 후 잠깐씩 시간을 만들어 보자고 했다.

못다 핀 여의도의 꿈

오후 2시에 여의도 국회의사당 앞에서 만나기로 한 하수는 오전 일찍 집을 나섰다. 전날 저녁에 주말 숙제 모임을 준비하던 하수는 사장님의 말씀이 떠올랐기 때문이다. "상암동에 중소기업역사관이 있네. 거기에 가면 중소기업에 대한 정보가 많을 테니, 한번 들러봐도 좋을 거야." 위치를 검색하니 여의도에서 그렇게 멀지 않았고, 약속 시간이 오후니 잠깐 들러볼 생각이었다.

역사관은 우리나라 중소기업의 역사를 한눈에 볼 수 있게 잘 꾸며져 있었다. 주말의 이른 방문이어서인지 내부는 한산했다. 전시관에 들어서자, 안내자는 반갑게 하수를 맞아 주었다. 하수는 솔직하게 안내자에게 방문 경위에 대해 설명했다.

"네, 잘 오셨습니다. 오전은 한산하니 천천히 둘러보셔도 될 것 같습니다. 우리나라 중소기업은 역사가 생각보다 오래됐죠. 지금의 대기업도 모두가 그 시작은 중소기업이었으니까, 중소기업 없이는 대기업도 없는 셈이죠. 그래서 중소기업과 대기업은 함께 살아가야 하는 관계입니다."

내방객이 많지 않은 까닭인지, 50세 정도 되어 보이는 안내직원은 하수 곁에서 친절하게 설명을 이어 갔다.

"중소기업(中小企業)은 말 그대로 대기업보다 작은 회사를 뜻합니다. 현재 우리나라 기업의 규모와 형태는 자본금, 종업원, 시설의 규모 등에 따라 대기업과 중소기업으로 분류가 됩니다."

직원은 우리나라 최초의 중소기업은 장터에서 장을 꾸리는 전통적인 시장의 구조에서 일제 강점기와 해방, 한국전쟁 등을 거치면서 우리나라의 중소기업이 탄생하게 되었다고 덧붙였다. 즉, 중소기업의 태동은 근대화의 시기를 거치면서 일종의 기업 형태를 갖추며 생겨나기 시작한 것이었다.

한 시간 남짓 역사관을 둘러본 하수는 직원에게 감사 인사를 하고 전시관 투어를 마무리 지었다.

"다음에 또 오세요. 그리고 이건 선물입니다. 중소기업의 상징인 수출금자탑을 본떠 만든 겁니다. 그리고 이건 중소기업에 관련된 정보가 들어 있는 책자인데 숙제에 도움이 되면 좋겠습니다."

'중소기업이 희망이다. 청년이여, 중소기업에서 큰 꿈을 펼쳐라.'

책자의 첫 장에는 이와 같은 글귀가 새겨져 있었고, 미니어처용 트로피처럼 생긴 탑의 맨 꼭대기에는 여럿이 힘을 모아 큰 황금 볼을 받치고 있는 형상이었다. 골든골이었다. '정말 중소기업에 다니는 사람이라면 중소기업에 대해 먼저 알아야 하지 않을까?' 여럿이 힘을 합쳐 골든골을 떠받치고 서 있는 골든골을 하수는 다시 바라보았다. 그리고 김 박사가 해준 말을 되새겼다.

'사람은 누구에게나 자신의 자리가 있다.
나의 포지션을 확인하라.'

상암동 역사관에서 생각보다 일찍 출발한 하수는 지하철역을 빠져나와 12시쯤 여의도 증권가 건물이 늘어선 거리에 들어섰다. 작은 카페에서 커피를 주문하고 기다리는 동안 창밖을 바라보니 아련한 상실감이 찾아들었다.

사실 하수는 대학 시절 여의도에 와본 적이 있었다. 친척의 결혼식이 있어 가족들과 올라온 터였지만, 잠깐 결혼식을 보고 하수는 여의도를 찾았었다. 한국의 정치, 경제의 중심지인 여의도가 궁금했기 때문이었다. 그렇게 처음으로 밟았던 여의도는 토요일이어서 한산했다. TV를 통해 보던 여의도 화이트칼라의 모습들은 볼 수 없어 아쉬웠지만, 오히려 천천히 돌아볼 수 있었다. 우뚝 솟은 63빌딩과 방송국 건물, 국회의사당, 증권가 거리를 돌아보고 한강도 거닐었다. 그중 가장 관심 있었던 곳이 바로 증권사 건물들이 들어서 있는 거리였다. 반듯하게 구획된 빌딩 숲을 걷는 동안에는 넥타이를 휘날리며 바삐 뛰어가는 자신의 성공한 미래의 모습을 잠시 그려보기도 했다.

'이곳에 내 자리는 없었던 것인가? 내가 이곳에 들어올 방법은 없었던 것인가? 이곳에는 작은 기업은 없는 것인가? 마치 대기업에 다니는 사람만이 이 거리를 활보할 수 있을 것만 같은 느낌은 왜일까? 나는 결국 변두리의 삶인가?' 하수는 커피를 들고 거리로 나와 씁쓸한 마음을 다독이며 국회도서관으로 향했다.

신입사원의 3일, 3개월, 3년

3개월에 걸친 수습 기간은 현장 1개월, 관리 1개월, 영업 1개월을 돌아가며 로테이션하는 것이었는데, 하루하루가 그야말로 정신없이 지나갔다. 말 그대로 초짜, 애송이, 후보선수에 불과했다. 현장과 사무실을 오가며 업무를 익혀야 하는 수습 기간을 시작하기 전, 공장에서 제조공정에 대한 현장 견학이 있었다.

"수습 딱지를 떼야 정식 직원인 거 다들 알지? 그때까지는 보직이 없는 것이나 마찬가지야. 군대는 다녀왔나? 군대로 말하면, 자대배치를 받기 전이니, 계급장도 없는 셈이지. 훈련병이 제대로 훈련을 못 받으면 집으로 돌아가야 하는 것처럼 회사도 똑같아. 사회에 첫발을 내디딘 신입은 아침부터 밤까지 배우고 또 배우고, 그렇게 버티는 시기란 걸 명심해. 3일, 3개월, 3년의 세월을 잘 버텨야 한다는 것은 직장인의 불문율이니까, 잘 버텨보도록."

처음부터 프로는 없다.

새내기, 새싹, 애송이의 시절을 거치며,

후보라는 이름으로

모든 것을 배워야 하는 것이다.

생산 현장에서 20년이 되어간다는 공장장이 말했다. 그는 훤칠한 키에 건장한 몸매의 소유자였는데, 워낙에 에너지가 넘치고 액티브해서 공장 사람들은 '조던'이라 불렀다. 시원시원한 성격에 타고난 승부사 기질이 농구선수인 마이클 조던과 같다고 해서 사람들이 그렇게 부르는 듯했다.

"수습 3개월 동안 얼마나 열심히 생활하느냐에 따라 앞으로의 직장생활이 결정될 거야. 운동선수가 후보선수 시절을 버티지 못하면 필드에 설 기회도 없겠지만, 영원히 코트를 떠나야 할 수도 있으니까. 전설적인 프로농구 선수 마이클 조던도 후보선수 시절의 어려움을 견뎌내고 성공했다고 하잖아. 정말 한 분야에서 똑소리 나는 '프로'가 되기까지는 누구나 어려운 시절을 겪는다는 걸 기억하라구."

공장장은 생산라인의 조던이 맞았다. 그는 마치 상대 팀을 두고 경기하듯이 생산의 모든 공정을 하나의 게임처럼 보고 있었다.

"우리가 운동경기를 하는 스포츠 선수라면, 생산 현장은 공격수야. 가장 완벽한 팀워크와 조직력을 갖추고 그라운드를 장악해야만 하지. 지금 여러분들이 보고 있는 이 현장이 바로 전장이야."

스포츠를 좋아하는 그는 회사 내에서의 모든 일상을 하나의 스포츠 게임 또는 전투 중인 전장으로 보는 듯했다. 그는 미국 프로농구 스타인 마이클 조던, 축구 선수 손흥민, 야구선수 류현진, 마라톤 선수 이봉주 등 스포츠 선수들을 존경하고 좋아해 마지않았으며, 모두 형이거나 동생이라는 호칭으로 불렀다. 또 그가 쓰는 모든 말에는 스포츠 용어나 전투용어가 진하게 배어있었다. 하수는 '각개전투', '5분대기' '맨투맨' '정면돌파' 등 그가 쓰는 용어를 듣다 보면, 마치 치열한 전투가 벌어지고 있는 전쟁터 혹은 역전에 역전을 거듭하는 팽팽한 경기장에 있는 느낌을 지워버릴 수가 없었다.

인생은 전투다.
고지를 점령하는 것이 우리의 목표다.
고지를 점령하라.

조던 공장장은 공격 전술에 일가견이 있는 최전방 공격의 중심이었다. 그는 상대 팀의 모든 수비 전술과 전략, 공기의 흐름까지 모두 읽고 있는 말 그대로 공격의 귀재였다. 그는 공이 만들어지는 과정을 알아야 한다면서 공장 안내를 시작했다.

"우리는 공을 제작하는 회사야. 그러니 누구보다도 공을 잘 알아야겠지. 공은 게임의 중심이 되는 것이고, 전쟁터의 총과 같다고 할 수 있지. 운동선수가 공을 모르면 승리할 수 없고, 군인이 총 없이 전쟁터에 나갈 수가 없듯이 우리에게는 공이 제일 중요해. 공을 애인처럼 사랑하고 잘 알아야 골을 넣을 수 있는 것 아니겠나? 하하하."

골은 도구이자 수단이다.

내가 골이고, 골이 곧 나다.

골을 알아야 백전백승이다.

매일 같이 골을 손에 붙이고 살아라.

골에 내 인생이 달려있다.

08

아마추어와 프로의 차이

공장장은 어디서 누구에게 배운 것인지는 몰라도 공에 대한 자신의 철학이 분명한 사람이었다. 월드컵 4강 신화를 이룬 2002년에는 온 공장 사람들과 모여 붉은 티를 입은 채 얼싸안고 눈물을 흘렸고, EPL에서 손흥민 선수가 70m 원더골을 성공한 날에는 종일 뛰어다녔고, 류현진 선수가 어깨부상 때문에 마운드에서 내려올 때는 울며 박수를 보냈다고 했다.

기본 체력을 길러라

"혹시 여러분은 이런 생각을 해본 적이 있나? 나에게도 나만의 공이란 것이 있는지? 또 나의 공을 던질 골대는 있는지? 나는 얼마나 공을 잘 다룰 수 있을지? 그러자면 무엇을 해야 할지? 말이야. 가장 우선은 기본 체력을 길러야 해."

"프로가 되기 위해서는 기본기를 충실히 닦는 것이 무엇보다도 중요하지. 기본기 중 가장 중요한 것이 무엇일까? 바로 체력이야. 군인이나, 운동선수나 기본 체력을 다지는 것이 가장 중요해. 올림픽에서 메달을 딴 선수들을 모두 정신력의 승리라고 말하는데, 난 다른 생각이 달라. 난 기본 체력이 있어야만 정신력을 받쳐 줄 수 있다고 생각하는 쪽이지. 국가대표 선수들이 매일 아침 하는 일이 바로 기본 체력 향상을 위한 달리기야. 기본 체력이 되어야 기술이고, 능력이며, 정신력을 발휘할 수 있기 때문이지."

공장장은 체력적으로도 자신감이 넘치는 사람이었다. 그는 50의 나이를 뛰어넘을 만한 체력을 지니고 있었다. 매일 같이 자전거로 20여km를 달려 출근한 지가 벌써 10년이 넘었다고 했다. 또 퇴근하기 전에는 회사의 체력단련실에서 1시간 남짓의 운동을 하고, 다시 자전거를 타고 바람을 가르며 한강 변을 달려 집으로 향했다.

워낙에 스포츠를 좋아하는 공장장은 성공을 이루어 낸 국내·외 스포츠 스타들의 이야기를 모두 꿰고 있는 스포츠 마니아였다. 공장장은 유명 선수들이 프로선수가 되기까지 부단한 노력의 과정이 있었다고 얘기했다.

"프로선수는 자기 몸이 재산이잖아. 스포츠에서는 선수의 자기 관리 능력도 실력이야. 직장인도 마찬가지지. 마치 필드에서 뛰는 프로선수들처럼 자기관리를 철저히 해야 해. 그러기 위해선 늘 기본적으로 체력 훈련을 습관화해야 하고. 처음부터 누구나 잘하는 사람은 없어. 모두 똑같이 출발해서 얼마나 오래 그리고 열심히 달리느냐에 따라 성패가 갈릴 뿐이야. 수습 기간은 바로 그런 체력을 기를 수 있는 가장 좋은 시기라고 할 수 있지."

이 기간에 얼마나 노력하고 열심히 기본기를 익히느냐에 따라 앞으로의 성장이 좌우된다는 것을 강조했다. 3일, 3주, 3개월, 3년을 버티지 못하면 실패할 것이고, 많은 시행착오를 거치면서 더욱 성숙해지는 것이 인생이라고 거듭 말했다. 그것이 또한 자연스러운 이치이며, 인생의 법칙이며, 순리라는 것이었다.

기본기를 갖춰라

"기본기의 두 번째는 자세야. 운동선수들이 체력훈련과 동시에 배우는 것이 기본자세 훈련이지. 군인들은 제식훈련이고 말이야.

이는 갓난아이들이 일어서고 넘어지고 걸음마를 하는 과정과 다르지 않지. 기본자세를 잘 못 익히면 잠깐 성과를 낼 수 있을지는 모르지만, 시간이 갈수록 성적이 떨어지기 마련이듯, 기본자세가 좋은 사람이 갈수록 나은 성과를 낼 확률이 높다는 말이지."

공장장은 신입사원이 갖춰야 할 기본자세 중 정중한 인사를 포함한 반듯한 예의를 갖춘 회사 생활을 강조했다.

"윗사람, 아랫사람 가릴 필요 없어. 인사하는 데 돈 드는 것이 아니니, 먼저 허리를 숙이고 정중하게 인사를 해. 상사뿐만 아니라 현장에서 일하는 사람, 일용직 사람들에게도 먼저 인사를 하고 바른말과 태도로 정중하게 대해. 이게 신입사원이 두 번째로 몸에 익혀야 할 습관이야."

"수습 기간에 탄탄하게 기본기를 쌓아야 프로가 되는 거야. 아마추어와 프로선수의 차이는 바로 거기서부터 시작되니까. 기본기를 쌓다 보면 보다 높은 벽을 넘어설 힘과 요령이 생기는 것이 세상의 순리니까. 모든 프로는 기본기를 쌓고 자기관리를 철저히 한다는 것을 잊으면 안 돼. 사회생활도 똑같아. 우리는 이미 필드에서 뛰고 있는 선수야. 사회는 연습경기가 없어. 여러분도 실은 이미 게임이 시작되었다고 생각해야 해."

기본에 충실한 직장생활을 통해서 정신과 몸이 건강해지면, 회사생활은 저절로 잘 되리라는 것이 그의 지론이었다.

"공장에서 일한다고 사람들을 얕보면 안 돼. 이 바닥에서 수십 년째 일하는 베테랑들이니까. 모두가 인생 선배라고 생각하는 마음가짐이 중요하지. 모두가 여러분들을 가르쳐줄 코치라고 생각하면 편할 거야. 나보다 나이가 어려도 입사가 빠르면 고참이고, 나보다 가방끈이 짧아도 현장에서는 하늘 같은 스승이니까 말이야. 다른 것은 몰라도 공에 대해서는 현장에서 땀 흘리며 일하고 있는 저분들이 최고니까."

공장장은 현장을 돌며 중간중간 회사와 공장의 현황에 대한 간략한 설명도 곁들였다.

"우리 회사는 연간 매출액이 국내 업계에서는 제일 높아. 중소기업이지만 최근에는 아시아에서도 주목받고 있지. 5, 6년 전부터 중국과 동남아 스포츠 인구가 늘어나면서 수출 물량이 훨씬 많아졌거든. 그에 맞춰 새로운 생산라인을 증설하고, 품질 시스템을 보강해 최상의 제품을 공급하고 있지. 회사의 가장 큰 목표는 혁신을 통해 우리 공장이 해외 생산라인들과 경쟁에서 살아남는 거야. 모든 답은 현장에 있지. 경쟁력 있는 제품을 만들려면 원료의 투입부터 완성단계까지 통합 관리가 필요해."

"생산공정의 역할은 뭘까? 생산은 크게 주문, 생산, 출하 등의 공정으로 나누어지는데, 가장 적은 비용으로 고품질의 제품을 생산하면서도 불량률을 최소화하고, 가장 빠른 배송이 가능한 시스템을 구축하는 게 우리의 목표라 할 수 있지."

공장장의 설명을 들으며 신입사원들은 현장의 라인을 따라 순차적으로 둘러보았다. 생산공정을 둘러보던 하수는 기계화와 자동화되어 있는 시설을 보고 놀랐다. 막연히 농구공은 모두 수작업으로 이루어지는 작은 가내 수공업 정도로 생각하고 있었는데, 시설과 규모도 크고 작업환경도 최첨단으로 이루어져 있는 것에 놀라움을 금치 못했다.

"농구공은 실내용과 야외용이 있고, 실제 플레이용과 드리블 연습이나, 운동선수들에게 사인받는 용도로만 생산되는 농구공도 있어. 또 길거리 농구용 공도 따로 있지."

하수는 농구공이 이렇게 많은 종류가 생산되는 것도 처음 알게 되었다.

"가격도 차이가 크게 나는데 저쪽 라인은 초보자나 입문자용으로 제일 저렴한 가격이고, 이쪽 라인은 최상급으로 실제 선수들이 사용하는 공이지. 저것은 대한농구협회(KBA) 공식 게임 볼이지."

"농구공도 모두 사이즈가 달라. 이쪽 라인은 초등학교, 여자 중등부가 쓰는 좀 작은 공이고, 남자 중등부 이상 대학부 경기에서는 그것보다 조금 큰 사이즈로 게임을 하지. 아직 국내뿐 아니라 유럽 및 동아시아 프로농구 리그에서도 공식 게임 볼로 사용하는 볼은 N사 제품이 대부분 쓰이는데, 최고의 농구공이라 할 수 있지. 우리도 그 정도의 기술력이 없는 것은 아닌데, 워낙 글로벌 브랜드 파워가 크니까, 어쩔 수 없어."

공장장은 농구공 하나를 꺼내 하수와 동기들에게 만져보라고 했다. 오돌토돌한 농구공 고유의 촉감이 손끝으로 전해졌다.

"'농구는 신장이 아니라 심장으로 하는 것이다.'라는 말 들어봤지? 우리 사장님이 제일 좋아하는 말 가운데 하나인데, 농구의 제왕인 마이클 조던 형의 명언 중 하나야. 내 생각에는 농구뿐만이 아니라 모든 것은 뜨거운 심장에서 뿜어나오는 열정으로 해야 해. 가슴을 쿵쾅거리게 하는 그 뜨거운 마음이야말로 무엇이든 이루게 하는 원동력이니까 말이야."

그러면서 공장장은 마이클 조던과 자기가 별 볼 일 없던 젊은 시절을 이겨낸 것이 공통점이라는 것을 강조하면서 말을 이었다. 농구계의 신화인 마이클 조던은 1984년부터 2003년까지 NBA 선수로 활동한 미국의 전 농구선수이다. 약 120년에 이르는 농구

역사에서 가장 위대한 선수로 평가받는 인물이다. 2022년 전 세계 팬들이 뽑은 역대 최고의 스포츠 스타 1위에 이름을 올려 농구 황제의 위엄을 재확인했다.

"조던 형 나이가 올해 60이야. 사실 나이로 봐도 나보단 선배이기도 하지만, 내가 조던 선수를 형이라 부르는 이유는 그의 존경할 만한 인생 때문이야. 조던 형이 본격적으로 농구를 시작한 것은 고등학생 때부터지. 어릴 적부터 농구를 잘한 것도 아니었고, 이름을 날리기까지 우여곡절도 많았지. 무엇보다 내가 조던 형을 존경하는 이유는 천재라기보다는 노력형이기 때문이야."

하수 역시 마이클 조던을 알고 있었다. 그는 NBA는 물론 세계 농구사를 통틀어 가장 위대하고 뛰어났던 선수로 평가받는 최고의 선수였다. 또 NBA의 최고 부흥기를 이끈 주인공으로 인생의 골든골을 이룬 성공한 스포츠 선수였다. 공장장은 마이클 조던의 어린 시절 이야기를 시작으로 조던의 생애를 줄줄이 외우고 있는 듯했다. 태평양을 건너 위치한 한국의 팬이 이렇게 자신의 일생을 속속들이 알고 있다는 사실을 알면, 정말 조던 선수가 동생으로 삼을지도 모를 일이라고 하수는 생각했다. 공장장은 조던이 1963년 뉴욕 브루클린에서 평범한 노동자인 아버지와 은행 말단 직원이었던 어머니 사이에서 태어났으며, 이 역시 자신의 처지와 별로 다를 바가 없다고 말했다.

"조던 형은 다섯 형제 중 넷째지. 이것도 나와 비슷해. 나도 일곱 형제 중 넷째거든. 하하하. 조던 형도 누구처럼 어린 시절에는 게으름을 많이 피워 부모에게 혼나기 일쑤였다지 아마. 하하하. 조던 형의 어릴 적 꿈은 시계 만드는 공장에서 수습공으로 일하는 것이었다고 해. 어쩌면 나와 비슷하게 공장에서 일하는 일생이었을지도 몰라. 근데 말이야. 그 큰 덩치가 작은 시계를 만드는 모습을 상상하면, 참 우습잖아? 하하하."

공장장은 조던이 성공을 한 후에 조던의 아버지가 인터뷰한 내용으로 얘기를 이어갔다.

"조던은 운동에 관심이 많았는데, 초등학교 시절부터는 야구선수의 꿈을 가지고 있었지. 조던이 어린 시절의 미국 스포츠 하면, 프로야구잖아? 그리고 재능도 있어서 12살이 되던 해에는 리틀야구 리그에서 우승하며 MVP 상도 받았지. 기본적으로 운동에 대한 감각을 타고났던 거야. 하지만 당시 발군의 실력을 인정받았지만, 끈기가 부족해서 중도에 야구를 포기해버린 거야."

그런 조던은 고등학생이 되면서 전환기가 찾아온다. 무엇이든지 쉽게 포기했던 조던에게 변화가 일기 시작한 것은 고등학생이 되어서였다.

"학교 운동장에서 농구를 하고 있던 선배들을 보고 처음 농구를 접하게 되었는데, 당시 키가 지금의 나보다 작은 178 정도였다고 하는데, 농구선수로는 명함도 못 내밀 키였지. 바로 이게 조던의 최대 약점이었지. 학교 대표팀 선발에서 탈락하게 됐고, 그 일이 그의 인생을 바꾼 전화위복의 계기가 된 거야. 그렇게 첫 번째 좌절을 겪으면서 조던 형의 삶이 변화하기 시작했지."

그 사건은 조던에게 그의 삶의 태도를 변화시키는 결정적인 계기가 되었다. 평소 포기를 쉽게 하고 의욕적이지 못했던 그의 태도를 바꾼 것이다. 조던은 남에게 자신의 실력을 증명시키기 위해 부단히 노력하는 성실한 태도로 탈바꿈하였다.

"조던 형이 후보 대열에도 못 오르자, 오기가 생겼던 거야. 조던 형이 자서전에 적은 바로는, 자기는 선천적으로 뛰어난 천재가 아니었다고 해."

나는 끊임없이 노력하고 연습한 선수일 뿐이다.
나는 슈팅 연습을 열심히 하였다.
끊임없이 슛을 던지고 던진 끝에
최고의 슈터가 되었다.

-마이클 조던-

조던은 자서전에서 자기는 탄력이 좋아 덩크슛은 자신 있었지만, 외곽 슛은 약점이었다고 솔직하게 고백했다. 그는 또 학창 시절 내내 농구에 소질이 없어, 늘 벤치에 앉아있던 선수였다고 회상했다. 그래서 그는 완벽한 덩크슛을 위해 하루에 몇백 번씩 슛 연습을 했고, 그러한 노력이 성공적인 덩크슛을 만들어 낼 수 있었다. 즉, 농구의 황제라 불리던 마이클 조던 역시 후보 시절, 암흑기가 있었다는 것이다. 그렇게 꾸준한 노력으로 조던은 학교 대표팀에 선발되고, 이후 고등학교 3학년이 되어서는 놀라운 기량을 선보이며 시즌 19번의 승리를 차지하는 데 견인차 구실을 해내게 된 것이다. 특히 최고의 기량을 갖춘 선수들이 참여하는 맥도널드 챔피언십대회에서는 혼자 30득점을 기록하며 그의 존재를 온 세상에 드러냈다.

"농구와 농구공 모두가 미국이 원조이지만, 언젠가는 우리가 최고의 농구공을 만들겠다는 것이 사장님의 꿈이기도 해. 그래서 사장님이 직접 농구공 모양으로 지구본을 만들어 놓은 거야. 농구공도 열정적인 심장으로 만들어야 한다는 것이 우리 사장님의 지론이지."

자신이 사랑하는 것을 하라

공장장은 시도 때도 없이 조던 형의 활약상과 자신이 좋아하고 우상으로 삼는 스포츠 스타들의 스토리를 이어갔다. 그러면서 공장장은 자기관리가 투철한 운동선수로는 마라토너 '이봉주'의 예를 들었다. 이봉주 선수가 은퇴하기까지 통산 41회 마라톤 풀코스를 완주하며 우리나라 마라톤 역사에 큰 족적을 남길 수 있었던 밑거름도 바로 기본기와 지침 없이 매일 달리는 습관이었다고 말했다.

"이봉주 형도 정말 대단한 선수야. 39세가 되도록 부상 한번 없이 완벽하게 자기관리를 한 선수지. 타고난 재능도 있었지만, 당시에 황영조, 김완기 등 수많은 경쟁자가 있었기에 늘 2등이었지. 하지만 2등에서 좌절하지 않고, 오로지 인내와 노력으로 결국에는 한국을 대표하는 세계적인 마라토너의 꿈을 이룬 거야. 나는 봉주 형이 좌절하지 않고 달릴 수 있었던 힘은 바로 마라톤에 대한 사랑이었다고 생각해. 마라톤을 사랑하는 마음이 누구보다 강했기 때문에 꾸준히 연습하고, 누구보다도 성실하게 달리고 또 달린 거지. 그러면서 지치지 않는 기초체력을 만들었고, 결국엔 누구도 그의 노력을 이길 수 없었던 거지."

현장 투어 과정에서 공장장은 무엇이든 기초가 중요하다는 것.

기초를 다지지 않으면 모래성에 불과하다는 것을 말하고 있었다. 또 자신이 결정한 일이라면, 다소 의심스러운 마음이 있더라도 확신을 가지고 최선을 다하는 것이 중요하다는 것이었다.

09

작지만, 강한 주식회사 골든골

새내기 직장인의 일상

하수가 정식 발령을 받기까지 그야말로 1년 남짓의 직장생활은 눈코 뜰 새 없이 정신없이 지나갔다. 3개월의 수습 기간을 거치고, 공장의 설비개선과 품질관리, 상품기획에서 시제품 생산. 총무팀에서 각종 공문서 작성, 복리후생, 안전교육. 영업팀에서 거래처 확보와 고객관리, 수금 그리고 수출입 업무에 관한 실무를 익히다 보니, 어느새 1년이란 시간이 다 되어가고 있었다.

하지만 입사 1년 차 새내기 직장인이 할 수 있는 일은 그리 많지 않았다. 모두 몸으로 익히고 배우는 과정이 반복되는 나날이었다. 겨우 걸음마를 시작한 코흘리개 신입사원에게 처음 선배들이 시키는 업무란 것이 그리 어려운 업무도 아니었다. 처음 3개월 동안은 서류뭉치를 종일 복사하거나, 거래처에 무엇을 좀 보내거나 개발 중인 샘플 자료들을 챙겨 택배로 발송하는 잔심부름 정도의 일에 불과했다.

또 간혹 커피를 타거나 선배의 출장 중에 운전기사 노릇을 하는 등 업무 축에도 끼지 못하는 일을 할 때가 많았다. 하지만 그마저도 제대로 해내지 못할 때면 선배와 상사들로부터 질책받기가 일쑤였다. 신입사원이라는 것이 말 그대로 여기서 깨지고 저기서 깨지는 일이 다반사였다. 천방지축으로 내달리는 신입사원의 일상은 한 마리 망아지가 거친 들판을 무작정으로 질주하는 모습과 다름없었다.

그러다 보니 매일 매일 허들을 넘고, 넘어지면 다시 일어나야 하는 좌충우돌의 일상이었다. 회의감과 좌절감이 양은 냄비처럼 끓어올랐다가 식는 날의 연속이었다. 하필이면 왜 이 회사에 들어왔는지 후회한 날도 있었고, 당장에 그만두고 싶은 날도 여러 날이었다. 어떤 날은 중소기업 직장인의 어려움과 한계를 몸으로 느끼기도 하고, 절대적으로 실력의 한계를 느끼는 날도 허다했다. 쓰라린 패배감을 느끼게 한 사건도 여러 차례였다.

그때마다 힘이 되어주는 것은 몇몇 선배와 함께 입사한 동기들이었다. 어깨를 툭툭 치며 지나는 것이 격려였고, 책상 위에 커피 한 잔을 올려두고 가는 것이 위로였으며, 멀리서 지켜봐 주는 것이 응원이란 걸 하수는 조금씩 알아가게 되었다.

'고비란 늘 있는 것이야.
인생은 어차피 뛰어넘어야 하는 허들 게임이야.

지금 우리는 길들지 않은 망아지와 같아.
넘어지면 다시 일어나 달리는 거야.'

'처음부터 잘하는 사람이 어디 있어?
아무리 힘든 날이라도 다 지나가게 되어 있어.'

그렇게 넘어지면 다시 힘을 얻어 일어나서 또 달리고 뛰고 넘어지는 일상이 반복되었다. 선배들의 허드렛일과 현장을 쫓아다니고, 영업장과 거래처를 찾아 뛰어다니다 보면, 하루해가 너무 짧았다. 퇴근 시간이 한참 지나서 밤이 이슥해질 무렵에야 뼈 없는 해파리처럼 집으로 돌아와 그대로 쓰러지는 날도 부지기수였다.

거래처와 회식이라도 있는 날에는 말 그대로 떡실신이 될 정도로 취해 들어오는 날도 많았다. 그러다가 월말이 가까워 수금할 때가 되면, 지방의 낯선 소도시의 거래처를 찾아가 며칠 동안 빚쟁이처럼 밀린 결제를 독촉하기도 했고, 빠듯한 일정의 수출 납기에 맞추느라 며칠 밤을 꼬박 새우며 현장의 일을 거드는 일도 허다했다.

바쁘고 정신이 없는 나날의 연속, 앞뒤도 제대로 알지 못하고 뛰어다니는 것이 중소기업의 1년 차 새내기 직장인의 현실이었다. 산을 넘으면 더 큰 산이 앞을 막아섰고, 다시 산을 넘으면 이번에 큰 파도가 앞을 막아섰다. 그러다가 선배들에게 따끔하게 혼쭐이 나는 날에는 바닥난 자존감과 밀려드는 모멸감에 혼자 남몰래 눈물을 훔친 날도 여러 날이었다.

"아직도 똥인지, 오줌인지 분간을 못 해? 머리는 장식이 아니라 생각하라고 있는 거야. 그러게. 좀 더 대우가 좋은 회사에 들어가지, 그랬어. 절이 싫으면 중이 떠나야지."

선배들의 격려와 비아냥과 지적이 뒤섞여 도대체 진심이 뭔지 고민하는 날이 이어질 때도 많았다. 하지만 대게 악의가 있었던 것이 아니었음을 시간이 흐른 후 느낄 수 있었다. 어딜 가든 처음엔 정신이 번쩍하고, 가슴을 찡하게 하는 선배들의 거친 언행을 감수해야 했다. 하지만 일의 말미로 갈수록 하나의 팀처럼 호흡이 척척 맞아간다는 느낌을 체득했다. 그렇게 하수와 동기들은 정신없이 달리며 새내기 직장인의 애환을 온몸으로 체득해 나갔다. 하수는 '모두가 이렇게 살아가는 것이구나. 이게 삶이란 것이고, 그렇다면 버티고 이겨내야 하는 것이 인생이란 거구나!'란 생각이 문득문득 들었다.

그러면서 누구나 비슷하게 살아가고 있다는 것도 조금씩 알아가게 되었다. 때때로 온몸이 무너질 때면, 정신을 붙드는 것은 선배들과 동기들의 한마디 격려와 위로의 말이었다. 그렇게 누군가 건네는 한마디의 말에 다시 일어섰다.

"3일, 3주, 3개월을 버티고 3년을 버티면 된다고 하잖아.
우리 파이팅 하자. 1년이란 고지가 저기다."

"지금을 버티지 못한다면, 무슨 일을 할 수 있겠어.
우리가 지금 해야 할 것은 오직 '최선'뿐이야."

하루라는 시간은 화살같이 빠르기도 하였고, 어떤 날에는 백 년 같이 길게도 느껴졌다. 이게 중소기업 1년 차 신입사원의 일상이고, 머리로 배우고 몸으로 맞서서 얻어낼 수 있는 것이라면, 어떻게든 배워야 할 것이라 마음을 다잡았다.

하수와 동기들은 마치 경기가 종료되기 직전에 투입된 후보선수처럼 선배의 빈자리를 채우거나, 뒤를 따라다니며 하나씩, 하나씩 필드의 규칙을 배워나갔다. 하수 역시 처음에는 몸에 헐거운 커다란 옷을 입은 느낌이었으나, 시간이 지나면서 제 자리를 겨우 찾은 듯한 느낌이 들었다. 모든 조직이 그러하듯이 회사생활에서 가장 중요한 것은 그 직장에 맞는 습관을 몸에 익히는 것이 먼저였다. 그렇게 1년이란 시간은 하수에게 새내기 직장인으로서 사회에 적응하는 시간이었다.

입사 1년 차 직장인

그렇게 힘겹게 버틴 하루하루가 흐르고 쌓여 1년을 채우기 직전 무렵이었다. 하수와 동기들은 사장실에 앉아있었다. 사장님 곁에는 고대로 부장과 조던 공장장, 여유만 과장이 함께 앉아 잠시 담소를 나누다가 하수와 동기들이 들어가니 모두 고개를 돌려 그들을 맞았다. 공장장은 특유의 큰 목소리로 신입사원들을 맞이했고, 고 부장은 보일 듯 말 듯한 미소를 잠시 짓고는 이내 무표정한 얼굴이 되었다. 여유만 과장은 한쪽 눈을 찡긋 감으며, 씨익 치아를 드러내 보였다.

사장님은 의자에서 일어나 성큼성큼 걸어오더니, 신입사원들과 악수를 나누었다. 몇 년 동안 공을 들였던 유럽 쪽 수출길이 열리면서 출장이 잦았던 덕에 그동안 사장님의 얼굴을 보기가 쉽지 않았다. 사장님의 안색은 밝아 보였고, 언제 보아도 무언가 이루어 낸 사람의 얼굴과 넉넉한 풍모를 지닌 인상이었다.

"모두 축하하네. 그동안 많이 배웠나? 일단 허우대는 그럴싸하게 신입사원 땟물이 좀 빠진 듯한데. 다들 어떤가? 부서마다 모두 여러분들 칭찬을 많이 하던데. 그래, 해볼 만한가?"

신입사원들의 어깨를 한 번씩 다독이며 악수를 끝낸 사장님이 원형의 회의 테이블에 앉자, 일어서 있던 고 부장과 여 과장이 사장님의 오른편으로, 조던 공장장은 왼편으로 다시 자리를 잡고 앉았다. 사장님은 흐뭇한 표정으로 하수와 동기들의 얼굴을 번갈아 살펴보며 각각 눈빛을 교환하고 미리 준비되어 있던 차를 한 모금 머금었다.

"자, 차 한 잔씩들 하지. 이제 1년쯤 되었으니, 분위기는 얼추 익혔겠구만. 고생들 많았네. 어려움이 많아 몇 개월을 못 채우고 그만두는 사람도 많은데, 이렇게 늠름하게 성장해 줘서 감사의 말을 전하려고 불렀네. 우리 회사처럼 작은 중소기업에서 한 해를 버티기란 힘든 게 사실이네. 그런데도 잘 버텨주어서 고맙고, 그래서 앞으로 기대하는 바가 더 크다네."

사장님은 테이블 위에 놓여있던 포장된 선물 박스를 신입사원들에게 하나씩 나누어 주며 말을 이었다.

"이건 이번에 유럽에 다녀오면서 산 선물이야. 하나씩 나누어 갖게나. 하하하. 변변치 않지만, 각자의 특성에 맞는 선물을 준비 했으니, 나중에 풀어보게나."

선물을 건넨 사장님은 출입문 정면에 걸려 있는 '사훈'을 한 번 바라본 후 고 부장에게 얼굴을 돌리며 말을 이었다.

"고 부장, 이 친구들 정식 배치가 언제쯤 이뤄지는가?"

"네, 1년 동안은 각 팀을 돌아보고, 거래처까지 파악하도록 계 획했는데, 얼마 전 모두 한 바퀴씩 로테이션을 마치고 이제 각자 한몫들을 하는 중입니다. 다음 주부터 각자 팀에 정식 배치될 예 정입니다."

고 부장이 사장님과 신입사원의 얼굴을 바라보며 답변하자, 사 장님은 다시 말문을 열었다.

"그동안 이런 걸 배워서 어디에 써먹을지, 내가 이런 허드렛일 이나 하려고 이 회사에 들어온 건가? 하는 생각도 했을 것이고. 내 가 대학까지 나왔는데, 공장에서 일한다는 자체를 스스로 납득시

키기도 힘들었을 테고, 아마 쉽지 않았을 거야. 우리처럼 작은 중소기업은 일단 업무를 다 알아야만 하니, 1년 동안은 그것을 익히는 시간이었다고 생각하면 될 것이네. 나와는 아무런 상관이 없을 것 같았겠지만, 나중에 필드에 나가면 아주 요긴하게 쓰일걸세. 중소기업은 각 업무 담당자가 자신의 영역을 이해하고, 연관된 각 프로세스를 전부 이해하는 것이 매우 중요하지. 그래야 긴급상황에서도 곧바로 대처할 수 있으니 말이야. 덕분에 비로소 이제 여러분도 필드로 나갈 준비가 되었다고 할 수 있을 것 같네. 하하하."

하수는 오늘 미팅이 간단히 끝나지 않을 것을 짐작하고, 앞에 놓여있던 차를 한 모금 마셨다. 뭔가 긴 이야기를 할 것 같은데, 부서 배치에 관한 것인가? 동기들도 자못 궁금한 눈빛이었다.

100세 시대와 중소기업

"이런저런 애로사항이 많았을 거네. 사실, 밖에서는 볼 수 없는 우리나라 중소기업의 현실이지. 그래서 그런 어려움을 이겨낸 자네들이 진심으로 고맙고, 또 감사하게 생각하네. 생활해 봤으니 알겠지만, 대부분 젊은이가 첫 직장을 중소기업에서 시작하면 많이 좌절하고 포기도 빠르다네. 하지만 나는 오히려 중소기업이야말로 현시대의 트렌드에 제대로 맞아떨어지는 직장이라 말해주고 싶네. 요사이 신문을 읽어보니, 이제 호모 헌드레드 시대란 말도 옛말이 되었더구먼. 그렇지 않은가? 여 과장."

사장님이 여 과장에게 말을 던지자, 여 과장은 기다리고 있던 사람처럼 관련 용어에 대한 해석을 덧붙였다.

"네, 호모 헌드레드(homo hundred)는 지난 2009년 유엔이 내놓은 '세계인구 고령화' 보고서에서 등장한 용어로 평균수명이 100세에 육박하는 신인류를 의미합니다. 유엔에서는 2020년에 평균수명이 80세를 넘는 국가가 30여 개국에 이를 것이라고 예상하며 이를 '호모 헌드레드 시대'라고 칭했습니다. 주목할 점은 인류가 100세 시대를 어떻게 대비할 것인가를 고민해야 하는 상황을 맞이했다는 겁니다. 즉, 장수의 준비에 대한 개념으로, 앞으로 우리가 무엇을 준비해야 하는지를 묻는 개념으로 해석될 수 있습니다. 우리나라의 경우엔 베이비부머들의 삶과 직접적으로 연관되어 있습니다. 인간의 수명이 100세 이상 연장되면 맞닥뜨리게 될 사회 문제. 공동체의 문제가 지금까지도 이슈가 되고 있습니다."

"역시 여 과장은 대단해! 역시 최고의 인재라니까?" 사장님은 여 과장을 칭찬하고는 말을 이어 갔다.

"여 과장의 말대로 지금부터 여러분이 앞으로 살아갈 세상은 엄청난 속도로 변하고 있네. 평생직장이 사라진 지금은 제2의 인생, 제3의 인생까지도 준비해야만 하지. 100세 인류 시작의 의미는 한평생을 하나의 직업이나 비전, 꿈으로 살아가는 것이 어려워졌다는 것이네. 요즘 젊은 사람들의 말 중에 텐 잡스(Ten jobs)라는 말도 있던데, 인생이란 무대에서 이제는 10가지 정도의 꿈과 비전이 있어야 살아갈 수 있다는 말일세."

"지금 여러분은 이제 1막을 시작했을 뿐이네. 오늘날은 인생 2막을 그 누구도 장담할 수 없는 시대지. 그래서 이제는 탄탄한 울타리 안에 들어가 안주하기보다는 꾸준히 자기 자질을 발견하고 다양한 꿈과 기회를 찾을 수 있어야 하네. 그래야 즐겁게 2막을 맞을 수 있지. 그러기에는 대기업보다 중소기업이 훨씬 기회가 많을 수 있다네. 인생을 전반전과 후반전으로 나눈다면, 앞으로는 전반전 이상으로 후반전이 중요해질걸세."

사장님은 신입사원의 눈빛을 응시하며 계속 말을 이었다. 사장님은 스포츠용품업체를 운영하는 기업인처럼 말하는 사이사이에 스포츠와 관련된 상식이나 이야기를 곁들였다. 사장님에게는 특유의 액션과 말투가 있었는데, 제스처가 조금씩 커지고 중간중간 스포츠 관련 용어가 섞이기 시작하면, 마치 큰 경기장에서 선수들을 독려하는 감독과 같은 모습이었다.

"지금 여러분들은 대기업에 취업한 친구나 선배들이 부럽고, 그들보다 출발이 늦었고 불리하다고 생각할지 모르겠네. 하지만 난 여러분이 만회할 시간이 충분하다고 생각하네. 지금보다 더 중요한 인생의 2막인 후반전이 남아 있으니 말이야. 후반전은 지금처럼 사회에 첫발을 내디딘 순간부터 어떻게 준비하느냐에 따라 얼마든지 바꿀 수 있네. 지금은 비록 후보선수에 불과할지도 모르지만, 언젠가는 후보 딱지를 떼고 본격적으로 필드로 나갈 수 있다는 것이지. 여러분보다 기량이 우수하거나 먼저 출발한 선수들은 벌써 주전이 되었다고 생각할지 모르지만, 선수가 많으면 많을수록 주전 경쟁률은 치열해져 대기시간이 길어지기 마련일세. 하지만 여러분은 벌써 오늘이 후보선수에서 벗어나는 날이잖은가? 그리고 여러분들이 앞으로 뛸 수 있는 경기장과 훈련장은 무한하게 열려 있다는 것을 생각해 보게. 결코 뒤처진 게 아닐세."

"입사를 결정하고 지금까지 1년이란 시간 동안 여러분이 겪었을 상대적 박탈과 좌절을 충분히 이해하네. 지난 1년이 그러한 부분을 인내하고 극복해 낼 수 있는지 스스로를 테스트해 볼 수 있는 매우 중요한 기회이자 시기였다고 생각하게. 그동안 몸으로 삶을 배우고, 현장에서 기술을 익히고, 필드에서 재산이 될 수많은 사람을 만났지 않았나? 기본 훈련을 끝냈으니 이제부턴 실전 경기장에서 득점을 내야 하지 않겠나? 아마 기본 훈련보다 더 혹독한 노력이 필요할 걸세."

사장님의 말씀은 아직도 전반전이었다. 사장님이 언제가 물었던 '중소기업의 비전'에 대한 이야기로 넘어가고 있었다. 사장님은 대기업 직장인들은 대게가 한 분야, 즉 거대한 시스템 안에서 하나의 공정에 관여해 직장생활 대부분을 보내는데, 그러한 시스템은 이미 시대에 뒤처진 시스템이라고 강조했다.

"여러분은 어쩌면 행운아일지도 몰라. 세상이 워낙 빠르게 변하고 있으니 말이야. 누구도 장담할 수 없지만, 분명한 건 세상은 이미 한 분야에 대한 지식과 경험을 고루 갖춘 전문가만이 살아남는 시대가 되어가고 있네. 지식과 경험 중 어느 하나만 갖췄다고 해서 전문가로 대접받는 시절은 지났다네. 그럼, 지식과 경험을 두루 갖춘 전문가가 되기 위해서는 어떻게 해야 할까? 처음부터 끝까지, 모든 공정에 대한 이해를 몸으로 완벽히 익혀야만 한다네. 이러한 변화에 최적화된 곳이 바로 중소기업일세. 그래서 나는 우리 회사에서 일할 수 있는 여러분이 더 행운아고, 더 비전이 있다고 보는 것이네."

사장님은 그러면서 중소기업의 시스템이 앞으로의 시대에 더욱 적합하다고 강조하였다. 하수와 동기들도 사장님의 그런 말에 일부분은 동의하였지만, 간혹 반신반의하는 마음이 들기도 했다.

"쉽게 말해서 누구나 인생에서 가장 생산적인 시기의 대부분을 직장에서 보내지만, 대기업의 커다란 시스템을 생각해 보게나. 어쩌면 그들은 커다란 시스템의 부품일지도 모르네. 그 속에서 10년, 20년 일했다고 할지라도 특별히 자신만의 전문적인 노하우라 내세울 만한 것이 없네. 말했다시피 전문성이란 지식과 경험을 겸비해 전체를 볼 수 있어야 전문가가 아닌가. 그러니 퇴사해도 전문가 타이틀을 가지고 나오는 사람은 극소수뿐이네.”

“그러니 대기업에서 잘 나가던 사람들이 퇴사한 후에 시스템이 갖춰진 치킨집, 편의점, 카페 프렌차이즈를 차리는 것 아닌가? 하지만 중소기업은 다르네. 중소기업에서 일을 하려면 한 분야에 관계된 모든 것에 대한 지식과 경험 그리고 전체적인 안목이 있어야만 가능하네. 그래서 한 분야의 일인자가 될 기회가 훨씬 많다는 것이지. 대기업이 커다란 화분 하나를 할당받아 나무 한 그루를 키우는 것이라면, 중소기업은 숲 전체를 가꾸는 것이지.”

그러면서 사장님은 자신의 인생을 ‘숲’과 비교해 설명하기 시작했다.

“숲은 어떻게 가꾸는 건가? 난 거의 황무지를 혼자 갈아엎고, 나만의 숲을 만들어 왔네. 그 숲이 큰 숲이건 작은 숲이건 크기는 중요하지 않네. 아무도 돌보지 않은 황무지를 내가 개간해서, 내가 키울 나무를 내가 결정하고, 내가 가꾸고, 내가 그 결실을 얻는 것이니까. 오직 내 힘으로 모든 것을 다 해낼 수 있다는 것이 중요하지. 여러분도 기왕이면 작은 한 그루의 나무만 보지 말고 커다란 숲을 그려보게나.”

순간, 하수는 ‘크고 멀리 보아라!’던 아버지의 모습이 떠올랐다. 왜 아버지가 떠오르게 된 것인지는 알 수 없었다. 잠시 하수의 가슴이 먹먹해졌다.

10

골든골을 만들어 낸 3인방

사장님의 목소리가 좀 더 커지고 있었다. 그러면서 사장님은 중소기업 직장인들이 좀 더 일찍 폭넓은 안목을 갖출 수 있다는 것을 강조했다. 말을 바꿔 이번에는 사훈을 가리켰다.

"여러분, 저기 보이는 우리 회사 사훈을 한 번 큰 소리로 읽어봅시다."

사장님이 가리킨 사훈은 다음과 같이 적혀 있었고, 하수와 동기들은 물론 고 부장과 공장장, 여 과장도 큰 소리로 사훈을 차례로 읽기 시작했다.

사훈

Goal 하나. 골몰하자!
Goal 둘. 골격을 갖추자!
Goal 셋. 골을 때리자!
Goal 넷. 골인하자!
Goal 다섯. 골든골을 이루자!
㈜ 골든골

"하하, 어떤가? 좀 유별나지 않나? 외부에서 관심을 많이들 가지는 사훈이지. 지금부터 우리 회사의 사훈에 관해서 얘기할 텐데. 내가 알고 있는 그리고 우리 회사의 선배들이 몸소 터득한 비밀들을 알게 되는 날이 될걸세. 하하. 나는 내가 사장이 되고 나서야 그동안 수많은 선배가 나에게 무엇을 원했는지를 알게 되었다네. 만약 여러분처럼, 즉 사회초년생 시절부터 해답을 알았더라면 더 좋았을 텐데 말이야. 자자, 그럼, 잠시 쉬었다가 차 한잔 마시고 시작해 볼까?"

하수와 동기들이 나오자, 여유만 과장이 그들의 뒤를 따라 밖으로 나왔다. 하수는 처음 입사 면접 시 Goal로 시작하는 사훈을 보고, 정말 골 때리는 사훈이라고 생각한 적이 있었다. 아무리 스포츠 용품회사고, 농구공이 회사의 주력 제품이지만, 좀 지나치고 우스꽝스러운 사훈이라는 생각을 줄곧 해왔었다. 오늘에서야 그 비밀을 풀게 된 셈이다. 잠시 휴식을 취한 하수와 동기들은 사장실로 들어갔고, 사장님은 준비하고 있었던 듯이 말을 이었다.

"자자, 모두 잘 들어보게." 그러면서 사장님은 마치 오래된 마법의 비밀을 전수하려는 마법사처럼, 다시 자세를 고쳐 잡고 조금은 낮은 목소리로 말을 하기 시작했다.

"우리 회사 사훈은 나와 우리 회사의 3인방, 즉 고 부장, 조던 공장장, 여유만 과장이 함께 머리를 맞대고 마음을 모아서 만든 것이네. 여기 3인방이 우리 회사에 들어오면서 회사가 점차 안정을 찾게 되었지. 회사에 안정적인 시스템이 갖춰지면서 조금씩 규모도 커지고 경쟁력을 갖춰가던 시점에 고민하게 된 것일세. 일종의 슬로건이자 우리 회사의 정체성을 담은 것이지. 이렇게 우리 회사의 사훈이 만들어지기까진 긴 시간이 걸렸다네. 처음엔 우리 같은 중소기업에서 거창한 사훈이 필요할까? 하는 의구심이 있었지. 하지만 사훈을 만들고 시간이 차츰 지나면서 모두가 느끼게 되었지. 사훈이 우리 회사의 성격이나 나아가야 할 방향을 명확하게 해준다는 걸 말이야."

사장님은 말을 이어갈수록 점점 큰 제스처를 쓰고 있었다. 그리고 오른손을 펴 다섯 손가락을 하나씩 펴서 "골 하나, 골 둘, 골

셋....” 외치며 말을 이었다.

“골 하나! ‘골몰하기’는 우리 회사의 사령탑인 나의 몫일세. 골 둘! ‘골격 갖추기’는 고 부장, 골 셋! ‘골 때리기’는 조던 공장장이, 골 넷! ‘골인하기’는 여유만 과장이 적임자지. 그리고 골 다섯! ‘골 든골’은 여러분의 숙제이니 모두 귀담아들어 보게.”

“오늘 이렇게 모두를 모이게 한 이유도 우리 회사 사훈의 숨겨진 의미를 입사 1년을 맞이한 여러분에게 직접 설명해 주고 싶었기 때문이네. 다섯 개의 사훈을 제대로 이해하는 것은, 선수가 전략과 전술을 완벽하게 숙지하고 필드로 나가는 것과 마찬가질세. 다행스럽게도 우리 회사엔 인복이 있어, 각각 훌륭한 코치를 두고 있으니 걱정할 필요는 없네. 여기 3인방들이 여러분을 잘 이끌어 줄 거야.”

사장님은 관리팀의 고대로 부장, 생산팀의 조던 공장장 그리고 영업팀의 여유만 과장을 3인방이라 통칭하고 있었다. 하수와 동기들은 무슨 의미인지 알 수가 없었지만, 왠지 잘 풀리지 않던 수수께끼나 비밀의 아성을 엿보는 느낌이었다.

“우리 회사의 3인방은 모두가 각각 자신의 포지션에서 자신의 맡은 바 임무와 역할을 누구보다 책임감 있게 해내는 사람들이지.

3인방은 자신의 자리에서 위기 상황이 발생하면 적재적소를 커버하며 일당백의 능력을 발휘하고 있지. 세 사람 모두 자신의 포지션에서 자신만의 지식과 경험으로 쌓아 올린 노하우로 최고의 경기를 펼치고 있는 선수들이라네."

하수는 늘 3인방들이 각각 다른 특성과 개성으로 화합하지 못하는 듯하다가도, 어느 순간에는 아주 긴밀하게 연결되어 움직이고 있다는 것을 느끼고 있었다. 중요한 일을 처리할 때는 3인방이 마치 커다란 원형경기장에 출전을 앞둔 3명의 검투사란 생각이 든 적도 있었다. 사장님은 마치 콜로세움에서 전체의 경기를 관장하는 주관자의 모습으로, 고 부장은 그의 오른편에서 전체 경기를 운영하는 감독자로, 왼편의 조던 공장장은 실제 출전할 선수들을 코칭하는 모습으로, 여 과장은 싸움의 기술이 매우 출중한 특급전사의 모습처럼 느껴지기도 했다.

사장님은 그러한 3인방을 좌우로 두고 전체의 경기를 관장하며, 통솔하는 위대한 리더처럼 보였다. 사장님은 리더의 관점에서 전체 경기의 흐름을 예측해 중장기 전략을 짜고, 각각의 역할을 할당하여 승리를 만들어 내는 최고의 전략가였다.

㈜골든골의 3인방

"나는 사람의 유형을 세 종류로 분류하는 습관이 있네."

사장님은 3인방의 얼굴을 천천히 돌아본 후, 신입사원들의 눈빛을 바라보며 계속 말을 이었다.

"즉, 고 부장처럼 성실하고 모범적인 인간형을 '옹골찬 인간형', 또 공장장처럼 추진력과 활력이 넘치는 사람은 '실행형 인간형', 그리고 여 과장처럼 안팎의 네트워크와 힘을 활용하는 '교류형 인간형'으로 나누고 있네."

사장님의 말을 듣고 보니, 세 사람은 정말 우리 회사의 가장 핵심이 되는 사람들이었다. 3인방들은 각각의 분명한 스타일이 있었고, 또 나름의 캐릭터와 그에 따른 포지션이 명확했다. 고 부장이 야구 경기의 포수라면, 공장장은 투수이자 4번 타자였고, 여 과장은 발이 빠른 1번 타자이자 내야를 책임지는 유격수였다.

그중 고 부장은 사장님을 보필해 전체 경기를 한눈에 보는 넓은 시야를 지니고 있었다. 회사 안팎의 변화와 흐름을 전체적으로 조망하면서 사령탑의 지시를 전체 구성원에게 전달하고, 전술적으로 전개해 나가는 두뇌형 인간으로 사장님의 오른팔이었다.

고 부장은 홈을 지키는 포지션으로 우리 회사의 넘버 2번이었다. 고 부장은 공격형 투수인 공장장과 하나의 배터리로 긴밀하게 움직이며 그라운드의 중심을 잡아주는 역할을 했다. 야구 경기에서 포수를 안방마님, 그라운드의 사령관, 팀 최후의 수비수라 불리는 것처럼, 고 부장은 회사의 안과 밖, 사장님과 직원 모두를 아우르는 소통의 창구이자 중심이었다. 그는 사장님의 플레이 사인을 가장 먼저 받아 직원들에게 정확히 알리며 각자의 역할과 몫으로 나누었다. 이처럼 고 부장은 우리 회사의 핵심 수비수이자 가장 중심이 되는 위치를 차지하고 있었다.

　특히 가장 신속하게 움직이는 투수 격인 공장장과 더불어 그 틈을 메우고 있는 유격수 여 과장에게는 더욱 긴밀하게 소통했다. 이를 통해 각각의 포지션에 따른 임무를 명확히 하며 시의적절하게 조절하였다. 특히 결정적인 상황에서는 사장님을 대신했고, 회사에 위기 상황이 닥쳤을 때는 누구보다 온몸으로 홈을 지키며 회사의 어려움을 막아내는 사람이었다. 그 때문에 그가 해야 할 일은 누가 보더라도 많아 보였다. 게다가 어떤 때에는 투수의 폭투를 온몸으로 막아내야 했고, 상대편 타자의 파울볼에 맞기도 하였다. 하지만 그는 특유의 넓은 시야와 정확한 의사결정, 거기다 언제나 변함없는 굳건한 태도로 든든하게 홈을 지켜냈다.

　따라서 누구든 그를 처음 본 사람은 마치 갑옷으로 단단히 무장한 장수를 마주하는 느낌을 받았다. 하지만 누구도 그가 엄청난 무게의 스트레스를 혼자 감당해 내고 있다는 것을 눈치채지는 못했다. 그만큼 고 부장은 그의 고충을 좀처럼 내색하지 않는 단단한 사람이었다.

"포수의 가장 막중한 책임 중 하나가 바로 '크로스 플레이'일세. 크로스 플레이란 홈으로 달려드는 상대 팀의 주자를 온몸으로 막는 것을 이르는 말이네. 즉, 죽기 살기로 앞만 보고 전력 질주해 달려오는 주자를 잡아내기 위해 최대한 홈 베이스에서 몸을 굳힌 채 버텨내려면 힘과 맷집이 필요한데, 고 부장이 바로 그런 사람이지. 홈 플레이트를 가로막는 블로킹은 위기 상황을 제대로 막아내는 고 부장의 가장 큰 역할이라 할 수 있지. 어때, 그렇지 않은가?"

하지만 갈등이나 블로킹해야 하는 상대는 반드시 회사 밖에만 있는 것은 아니었다. 간혹 포수인 고 부장과 투수인 공장장과는 일대일로 대응하는 포지션이기 때문에 늘 긴장감이 흘렀다. 고 부장은 항상 공격적으로 공을 던지는 공장장의 투구에 늘 조마조마하였지만, 그럴 때면 전체적으로 플레이에 관여하는 포수답게 야수의 위치를 조율하여 이를 극복해 나갔다. 투수의 약점을 메꾸기 위해서 그는 늘 필드의 모든 수비수와 사인을 맞추는 지혜로운 사람이었다. 그럴 때면, 여유만 과장이 소통의 메신저 역할을 하며 그 공백을 메우는 데 앞장섰다.

"고 부장을 보면 참 듬직하지 않나? 고 부장이 우리 회사에 들어오면서 회사가 안정을 찾을 수 있었지. 고 부장이 대기업에서 쌓은 경력과 경험이 우리 회사의 시스템을 안정시키는 데 큰 도움을 줬지. 현재 고 부장은 우리 회사의 가장 중요한 포지션을 맡은 사람 중 한 사람이지. 하지만 고 부장도 처음부터 쉽지는 않았어. 고 부장 역시 대기업에서 몸에 밴 습관을 고치느라 몇 년 동안은 현장을 쫓아다니며 고생했다네. 여러분들과 똑같이 고 부장도 처음에는 일종의 수습 단계를 거쳐 지금의 자리를 맡게 된 것이니 말일세."

"고 부장이 그 역할을 맡으면서 우리 회사의 멘탈이 매우 강해졌다고 해도 과언이 아니야. 현재 우리 회사의 프레임, 즉 골격을 그가 도맡아 한다고 볼 수 있지. 회사의 정체성과 프레임은 기업의 근간을 만드는 포지션이라, 이제는 고 부장이 없으면, 누가 그 공백을 메울 수 있을지, 걱정이네. 하하."

사장님이 계속 말을 이어가자, 고 부장은 계속 머쓱한 표정을 짓고 있었고, 조던 공장장은 고 부장의 어깨를 살며시 밀치며 "제가 우리 고 부장님 때문에 회사 다니는 맛이 납니다. 하하하."라며 분위기를 띄웠다. 고 부장에 대해 더 할 이야기가 있는 듯했지만, 사장님은 눈을 돌려 조던 공장장을 보면서 말을 이었다.

"하하, 이제 우리 회사의 공격수인 공장장에 대해 말해볼까? 공장장은 마치 전사 같지 않나? 막강한 화력을 지닌 탱크 같기도 하고, 일당백의 무장 같기도 하단 말이야."

사장님의 말 그대로 조던 공장장은 회사의 4번 타자이자 공격형 투구로 강력하게 마운드를 지키는 공격과 수비의 핵심이었다.

하수는 지난여름, 굵은 땀방울을 흘리며 공장을 뛰어다니는 그의 모습을 보고 마치 '길들지 않은 야생마를 타고 들판을 가로지르는 장수 같다.'라는 생각을 했었다. 하수뿐 아니라 누구든 공장장을 보면, 그 특유의 열정과 패기에 기가 눌렸다.

고 부장이 지혜로움과 넓은 시야를 지닌 포수라면, 공장장은 공격적인 투구와 괴력의 타격으로 공을 던지고, 때리며 그라운드를 달렸다. 회사에서 핵심이라 할 수 있는 생산과 품질을 책임지는 조던 공장장의 행동력은 실로 놀라웠다. 돌격대의 선봉장처럼 모든 역경과 위기 상황에서 앞장서는 사람이었다.

"투수의 자질 중에 최고가 뭘까?" 잠시 딴생각을 하는 동안에도 사장님의 말씀은 이어졌다. 우리나라 투수들이 많이 가지고 있지 못한 것은 빠른 볼이나 제구력이 아니라 바로 자신감이라고 하네. 다들 고교 이상에서 최고의 실력을 갖추고 있지만, 누구는 프로구

단에 입단하고 누구는 좌절하지. 그 이유가 뭘까? 바로 자기 공에 대한 자신감을 가지지 못하기 때문이라고 하더군. 대부분의 선수가 고교 때까지는 빠른 볼이나 변화구로 어느 정도의 타자를 상대할 수 있지만, 프로에서는 그게 통하지 않는다는 거야."

사장님은 좋은 투수란 자신의 볼에 자신감을 가지는 사람이라고 말했다. 그 때문에 조던 공장장은 좋은 투수라 불릴만하다는 것이었다. 사장님은 투수가 경기의 70% 이상을 책임지는 아주 중요한 포지션인데, 고 부장이 안살림을 도맡는 포지션이라면, 공장장은 밖으로 나가야 하는 진출형이라고 했다. 그러한 포지션에는 공격적인 성향의 공장장이 적임자라는 것을 강조했다.

"우리 회사의 성공 요인은 제조 회사인 만큼, 최고의 기술력과 최상의 품질이라네. 즉, 경쟁력이 높은 상품의 개발과 생산이 우리의 가장 큰 무기라 할 수 있지. 그 무기를 자신감 있게 사용할 수 있는 사람이 바로 조던 공장장이네. 하지만 공장장도 처음부터 볼에 대한 자신감이 있었던 것이 아니라 회사에 입사한 이후에 자신감을 키운 케이스라 할 수 있지."

그러면서 사장님은 자신이 조던 공장장의 가장 적합한 포지션을 찾아주었다고 말했다. 즉, 실력이 좋은 선수가 좋은 팀과 지도자를 만나 서로 상생하는 것을 행운이라고 한다면, 사장님과 공장장의 인연이 바로 그러한 것이었다고 덧붙였다.

그러면서 역시 야구 경기를 예로 들었다. 사장님은 눈부신 활약으로 연승을 기록하는 모든 투수를 에이스(ACE)라 부르는데, 에이스의 조건에 대해서 언급했다. 사장님은 에이스란, 흔들리지 않는 침착함, 실패를 두려워하지 않는 배짱, 자기 능력에 대한 확실한 믿음, 팀을 승리로 이끌겠다는 강한 승리욕, 그리고 타고난 신체 조건 등이라고 말하였다.

"공장장이 바로 우리 회사의 에이스라고 할 수 있지. 공장장은 체력이 강한 사람이면서 정신력도 강한, 아주 보기 드문 사람이지. 그런 강인한 체력과 정신력이 바로 자신감 있는 실행력의 밑거름이 된 거야. 그래서 나뿐만 아니라 모두가 공장장은 넘어지고 넘어져도 다시 일어나는 사람이라는 것을 믿고 있다네. 그렇지 않은가? 고 부장, 여 과장."

사장님이 공장장을 바라보고 엄지손가락을 올리자, 공장장은 특유의 호탕함으로 손사래를 쳤다.

"아이고, 어지럽습니다. 사실 우리 회사의 에이스는 우리 고 부장이랑 여 과장이지, 저야 머리가 안 되니 몸으로 때우는 것뿐인데요. 하하하." 그렇게 말을 하면서도 공장장은 함빡 웃었다.

이제 모두의 시선은 여 과장에게 모였다. 여 과장은 특유의 순발력과 재치로 사장님, 고 부장, 공장장의 삼각 구도에 꼭 필요한 윤활유 같은 사람이었다. 그는 공기의 흐름이 다소 경직되거나, 이런저런 갈등이 감지되면 좌우의 힘을 조절해 균형을 유지 시키는 중재자이자, 회사의 분위기를 주도하는 사람이었다. 그는 마치 세상에 존재하는 모든 게임의 규칙을 다 이해하고 있는 듯이 긴장 관계를 쉽게 풀어가는 해결사였다. 여 과장은 생김새부터 일본의 야구선수 이치로나 우리나라의 준족으로 명성을 날리던 이종범 선수처럼 날렵한 몸매를 지니고 있었다.

마치 순서가 되었다는 듯이 사장님의 말이 이어졌다.

"여 과장은 1번 타자 같은 사람이지. 아무리 안정된 수비력과 폭발적인 마운드를 지녔더라도, 승리를 이끄는 것은 바로 출루 아닌가? 여 과장은 마치 1번 타자처럼 적시에 안타를 만들어 내고, 발 빠른 주루로 타점을 올리는 사람이라 할 수 있네."

그러면서 사장님은 일본 야구를 대표하는 이치로와 이종범 선수 전성기 때의 이야기를 섞어가며 말을 이었다. 일본야구의 상징이자 세계적으로 1번 타자의 명성을 날린, 안타 제조기라는 닉네임으로 불린 스즈키 이치로에 대한 이야기였다.

"이치로는 의심할 여지 없는 메이저리그 역사상 최고의 1번 타자라고 할 수 있네. 이치로는 모든 야수를 긴장하게 만드는 빠른 발과 정확한 타법이 주 무기였는데, 순발력과 준족을 모두 갖춘 타자 중 한 명이었지."

사장님은 전성기 시절 이치로가 구사했던 타법이 바로 '똑딱 타법'이라고 말했다. 사장님은 이치로가 일본인 타자로는 처음으로 빅 리그 3년 만에 1,000만 달러의 연봉을 받는 최초의 선수였으며, 이는 당시 대형 슬러거(Slugger)와 맞먹는 초특급 대우로, 특히 '1번 타자'에게는 극히 이례적인 일이었다고 덧붙였다.

"그렇다면 우리 회사의 1번 타자는 누구일까? 정답은 바로 여기 앉아있는 여유만 과장일세. 여 과장은 꼭 필요한 시점에 타점을 올리는 좋은 타자라 할 수 있네. 1번 타자의 특징은 빠른 발과 적시타에 의한 높은 출루율이 관건이지. 그렇게 보면 여 과장이 우리 회사에서 가장 타점이 높다고 할 수 있네. 여 과장은 발 빠르게 상대편의 그라운드를 흔들고 다니는 준족의 타자 역할뿐만 아니라 내야의 수비를 막아주는 유격수 역할도 겸하고 있네. 고 부장의 수비와 공장장의 공격 사이에서 여 과장이 윤활유 역할을 해주는 거지."

사장님은 국내 최고의 스포츠용품회사의 타이틀과 동남아 수출

루트 개척이라는 두 마리 토끼사냥에 여 과장이 혁혁한 공을 세웠다고 했다. 그래서 사장님은 가끔 여 과장을 영업의 '위저드(마술사)'라 부르기도 했다. 여 과장이 나서면 마술처럼 일이 풀려 회사에 공헌한다고 해서 붙여진 별명이었다.

"이제 우리 회사가 상품성도 높게 평가받고 있고, 3년 연속 국내 업계에서 최다 수출을 기록하며 명실공히 스포츠용품을 상징하는 아이콘으로 사랑받고 있네. 우리 같은 작은 중소기업이 시장에서 독보적인 자리매김을 할 수 있었던 것은 모두 3인방의 헌신적인 노력 때문이지. 각자의 포지션에서 그 역할을 충실히 해준 덕분일세. 이젠 국내 최고의 스포츠용품회사 타이틀을 내걸고 더 큰 세계시장으로 진출할 기회가 왔다고 생각하네."

사장님의 말대로, 회사는 이들 3인방을 중심으로 안정적으로 돌아가는 형태였다. 이 3인방은 각각의 팀들을 유효적절하게 운영하는 리더이자, 자신의 포지션에서 제 역할을 다하는 동료였다. 하수는 이들이 함께한다면, 세상의 모든 필드에서 승리를 거머쥘 수 있을 것만 같았다.

"자자, 그럼, 이만 각설하고 핵심을 말해볼까? 내가 말하고자 하는 것은 이제 우리 회사는 여러분의 역할이 필요하다는 것이네. 시대가 변하고 있으니까, 이제 젊은 여러분의 패기와 열정 그리고 감각을 어느 때보다 필요로 하고 있네. 이제까지 회사를 이끌어 온 3인방이 있었다면, 앞으로 이끌어 갈 혈기 넘치는 삼총사를 얻은 느낌이라 오늘 너무나 흐뭇하네. 이제 3인방의 명성을 이어갈 3총사에 기대를 걸어도 되겠지? 하하하."

하수는 얼마 전 경제지에서 사장님의 인터뷰 기사를 본 적이 있었다. 지역 신문사의 기자와 카메라 팀이 다녀가고 얼마 되지 않았을 때였다. 신문의 1면을 채운 기사에는 사장님의 얼굴이 크게 실려 있었고, 사진 속에는 공장장이 현장 사람들과 함께 파이팅을 외치고 있었다.

신문의 제목은 '골 하나로 세계시장에 골든골을 이루는 꿈'이란 타이틀이었다. 기사에서 사장님은 중소기업 직장인에게 성공을 위해 필요한 것은 5단계의 실행력을 갖추는 것이라고 강조했다.

그리고 기사는 마치 슬로건처럼, 헤드라인 바로 아래에 회사의 사훈을 적어 강조하고 있었다. 스포츠용품 기업인 우리 회사를 명확히 드러내는 문구였다.

골 하나로 세계시장에서 골든골을 이루는 꿈
1st 골몰, 2nd 골격, 3rd 골타, 4th 골인, 5th 골든골

기사에는 아인슈타인의 성공에 대한 공식으로 끝맺음하고 있었

다. 즉, 아인슈타인이 성공하는 인생을 살아가기 위한 성공의 법칙을 눈에 보이게 수식화했다고 말하고, 우리 회사 역시 이러한 공식을 스포츠용품 기업의 특성을 살려 '골'이란 주제에 접목해 재미있게 풀어내고 있다고 설명하고 있었다.

기사에서 아인슈타인의 성공 공식은 'S=X+Y+Z'(S is success, X is work, Y is play, Z is keep your mouth shut) 즉, 성공하는 인생을 살기 위해서는 열심히 일하고, 잘 놀고, 침묵하면 성공한다는 것으로 풀이했고, 우리 회사의 성공 공식은 '골든골=골몰+골격+골타+골인'이라는 내용이었다. 하수는 이 기사가 딱히 맞아떨어지는 공식은 아니지만, 얼추 비슷한 공식의 순을 밟고 있다고 생각했다.

"어때, 내 이야기에 공감하나? 딱 맞아떨어지지는 않지만, 아인슈타인이 말한 성공의 법칙과 우리 회사의 사훈은 뭔가 비슷한 듯한데. 결론적으로 고 부장은 다소 침묵형 인간형(X)이고, 공장장은 열심히 실행하는 인간형(Y)이고, 여 과장은 일을 즐기는 인간형(Z)인데, 이들의 특성이 모두 각자의 포지션에서 최상의 기량을 뽐내고 있는 셈이지. 그럼, 여러분 각자는 어떤 인간형일까? 궁금하지 않은가? 나는 여러분이 이들 3인방의 특성을 모두 갖춘 멀티플레이어 인간형, 즉 자질을 골고루 갖춘 우리 회사의 멋진 삼총사로 거듭나기를 바라는 마음이네."

세 번째 이야기

GOAL 때리는
하이킥

11

첫 번째 GOAL, 골몰하기

"그러면 우리 회사의 테마인 GOAL에 대해 하나씩 풀어볼까? 골몰, 골격, 골타, 골인에 대해서 좀 더 구체적으로 이야기를 해보자고."

첫 번째 GOAL, 골몰(汨沒)

"먼저 우리 회사의 첫 번째 사훈인 골몰하기에 대해서 말해볼까? 고 부장이 말하기를 골몰하기는 나 같은 사람이라 하더군. 즉, 하나의 목표에 집중력이 강한 인간형으로 대부분 리더가 이런 자질을 갖추고 있다고 할 수 있네. 리더의 가장 큰 자질 중 하나가 바로 목표에 대한 집중이니까. 여러분은 어떤가? 셋 중에 누가 가장 리더의 자질을 갖춘 골몰 형인가?"

모두가 즉각 대답을 못 하자 사장님은 답을 기다리지 않고, 이미 준비한 듯 '골몰'에 대해 이야기를 이어가기 시작했다.

"알다시피 골몰(汨沒)은 다른 생각을 할 여유도 없이 한 가지 일에만 파묻히는 걸 말하네. 한자로는 물에 빠질 골(汨), 물에 잠길 몰(沒) 자를 쓰지. 해석하면 '물에 깊이 빠지다.' '골똘히 생각하다.' 정도가 될걸세. 쉽게 말해 골몰은 집중인 셈이지. 인생의 목표를 찾는 데 집중하라는 의미를 담고 있네. 그렇게 해야 인생의 퍼스트 골을 발견할 수 있지. 누구든 자신의 인생에서 가장 중요한 하나의 골을 선택해 집중하는 것이 필요하지 않겠나? 그러려면 우선 골을 발견하는 골몰 과정이 필요하다는 말일세."

사장님은 자신이 전형적인 골몰 형 인간, 즉 집중형 인간형이라고 말하고, 오직 하나의 골에만 집중해 온 것이 지금에 이르렀다고 말하고 있었다. 사장님은 모든 삶과 일도 목표와 관심사에 얼마나 골몰하느냐부터 시작된다며, '집중'에 대해 강조했다.

"무언가 하나에 집중할 수 있는 사람이 가장 먼저 골을 발견하고 먼저 골을 이룰 수 있다네. 쉽게 말해 골몰하기는 현재의 나에 대해 얼마나 집중을 하느냐가 관건이란 말일세. 집중의 깊이에 따라 찾아낼 골의 종류와 찾아낸 골의 가치도 달라질 수 있다는 말이지.”

사장님은 골몰하는 순간, 골이 보이기 시작해 골을 때리기 위한 더욱 구체적인 미래 계획을 세울 수 있다고 말했다. 또 퍼스트 골을 제대로 세우기 위해서는 ‘선택과 집중’이 중요하다는 것이었다. 즉, 골몰하기란 자신의 숨겨진 골을 발견하는 과정이며, 올바른 골의 발견만으로도 자신의 나아갈 방향을 설정할 수 있다는 것이었다. 요약하자면, 우리 회사 사훈의 첫 번째인 ‘골몰하기’란 자신의 첫 번째 골을 찾는 과정이라는 것이었다.

“자자, 그럼, 골몰하기의 방법에 대해 알려주겠네. 골몰을 위해서는 총 3단계 정도의 과정이 필요하지.”

사장님이 말한 3단계의 과정은 다음과 같았다. 먼저 자신이 지닌 다양한 골의 인자를 ‘발견하는 과정’, 또 발견한 골 중에서 퍼스트 골을 ‘선택하는 과정’, 그리고 오로지 하나의 목표에 모든 역량을 ‘집중하는 과정’으로 이루어진다고 설명했다.

골몰하기 3단계
·····························

나만의 골 인자 발견하기
나만의 퍼스트 골 발견하기
나만의 퍼스트 골에 집중하기

"누구나 자신의 퍼스트 골을 찾는 데는 시간이 필요하고, 집중하기 위한 훈련도 필요하네. 온전히 골 하나에만 생각을 집중하는 과정이라 할 수 있지."

그러면서 사장님은 골몰하기를 위한 구체적인 방법을 설명했다. 일명 '골몰하기 기술'이었다. 사장님이 말하는 골몰하기의 첫 번째 기술은 하루에 단 1시간이라도 자기가 하고 싶은 일에 집중하는 연습을 해야 한다는 것이었다. 자신이 흥미를 느끼는 대상을 하나로 좁히고, 그에 몰두하는 것이야말로 고도의 집중력을 기르는 커다란 무기란 것이었다.

"요즘은 누구든 목표를 세우고 좋아하는 일을 찾으면 무엇이든 할 수 있는 시대가 아닌가? 세상을 바꾼 사람들도 하나에 온전히 집중하고 생각하며 골몰해 성공한 사람이 대다수네. 우리가 잘 알고 있는 철학자, 과학자, 사상가, 발명가, 지식인, 예술가 중에도 오직 골몰하기를 통해 성공을 이룬 이들이 많지."

두 번째 기술은 집중을 방해하는 불필요한 환경요인을 개선해야 한다는 것이었다. 집에서건, 직장에서건 생활을 단순화하면 놀라울 정도로 집중력이 높아진다는 것이었다. 사장님은 목표에 집중하는 골몰 유형으로 스포츠 선수들의 사례를 들었다. 우리나라 국가대표선수들이 올림픽 등 세계적인 대회를 앞두고 많이 하는 훈련 중 하나가 바로 집중력 훈련으로, 목표를 방해하는 잡념에 흔들리지 않고 하나에만 집중하는 훈련이라고 말했다.

"우리나라의 효자종목인 양궁이나 사격 등은 집중력 훈련의 효과가 크다는데, 이게 아마도 우리 민족의 특성이 반영된 것이 아닐까 싶네. 우리의 민족성과 근성, 정신력이 배어있는 것이지. 그렇다고 보면 여러분 역시 분명히 골몰의 인자를 보유하고 있다고 볼 수 있지. 그렇지 않은가? 하지만 제아무리 능력이 뛰어나도 집중력이 부족하면 아무것도 이룰 수가 없다고 보네. 자신이 선택한 목표에 순간적으로 최대의 에너지를 집중시켜야만 최종의 결과인 메달을 목에 걸 수 있다는 말이네."

사장님은 메달을 따는 스포츠 선수의 집중력은 일반인보다 월등히 뛰어나며, 대부분이 에너지를 하나의 목표에 집중시키는 능력, 즉 골몰하기의 능력이 출중하다고 덧붙였다. 그리고 사장님은 자신의 경험에 비추어 골몰하는 나름의 방법을 귀띔해 주었다.

"개인마다 분명 차이가 있겠지만, 나는 나를 유심히 관찰하면서 내가 아침형 인간이란 것을 발견했다네. 여러분도 자신을 잘 관찰하면 자신의 특성을 제대로 발견할 수 있을 것이네. 내가 발견이라고 말하는 이유는 누구나 하나의 장점, 자기만의 독특한 고유 특성 인자를 지니고 있다는 의미네. 나는 누구나 조물주가 주신 하나의 달란트와 사명을 가지고 태어났다는 말을 믿네. 여러분도 분명 자신만의 강점이자 장점인 특성을 하나씩 지니고 있을걸세. 그걸 찾으려면 자신의 본래 특성을 바라볼 수 있는 시간이 필요한데, 나는 뇌가 가장 맑고 깨끗한 시간이면 좋겠다고 생각했지. 그래서 찾아낸 것이 많은 수행자나 철학자들이 소중히 여기는 바로 아침 시간이었네."

그러면서 사장님은 말을 이어갔다.

"나는 아침 시간을 충분히 활용하는 편이네. 나는 지금까지도 매일 아침 5시에 일어나고 있네. 비교적 일찍 자고 일찍 일어나는 습관이 몸에 밴 것인데, 푹 자고 일어난 아침 시간에 뇌가 가장 활성화되고 비교적 머리가 잘 돌아가는 것 같더군. 무언가 막연했던 계획들이 또렷해지기도 하고 말일세. 그래서 아침 시간을 활용해 내 인생의 청사진을 마치 선명한 설계도처럼 한 구역 한 구역 그리는 시간으로 만들었다네."

사장님은 요즘도 아침에 일어나 산책하면서 하루의 일정이나 계획, 또 중장기 방향에 대해 구상하고 있다고 덧붙였다.

"출근 전의 시간을 충분히 활용하는 것이 바로 내가 하는 골몰의 기술이네. 아침 시간에 일어나 집 앞의 공원을 한 바퀴 산책하는데, 양명한 햇살이 비추고 맑은 공기가 가득한 공원을 혼자 걷다 보면 복잡했던 생각들이 하나둘씩 정리가 되는 느낌을 받지. 더욱이 아침 시간은 주변의 여건이나 환경에서 벗어날 수 있는 시간이라 하나의 생각에 더 집중할 수 있게 되더군. 도움이 될지 모르겠지만 참고해 보게나."

결론적으로 사장님은 자기 삶과 목표에 대해 온전히 홀로 집중하는 시간을 갖는 것이 골몰하기의 의미라고 정리하였다.

"홀로 있을 수 있는 시간은 아침이거나 아주 늦은 밤뿐이니, 자신의 스타일에 맞게 혼자만의 시간을 찾아 자신을 바라보도록 해보게. 처음엔 막연하겠지만, 자기 모습이 아주 선명하게 보이는 날을 맞이할 수 있을걸세. 이게 내가 말하고자 하는 회사의 첫 번째 사훈인 골몰하기의 기술이랄 수 있네. 인생의 전반전을 시작한 여러분에게는 지금이 골몰하기를 시작할 적기라 생각하네. 목표는 발명하는 것이 아니라 발견하는 것임을 꼭 기억하게나. 장황했는지 모르겠네만 첫 번째 골이건, 골든골이건 때릴 수 있는 자신만의 골을 먼저 발견해야 한다는 걸세. 그래야 여러분의 인생에서 성공이라는 골든골도 이룰 수가 있으니까, 말이야."

즉, 사장님의 골몰하기는 자기의 골을 찾는 것이었다. 그러기 위해서는 집중력을 발휘할 수 있는 물리적 시간을 충분히 확보해야 한다는 것이었다. 그러려면 생활 습관을 조금 바꿀 필요가 있다고 덧붙였다.

"이제 남은 법칙들인 골격 갖추기와 골 때리기, 골인 이루기는 여기 3인방이 알려줄 것이니 잘 배워보게. 아주 흥미로울 거야. 하하. 고 부장, 내일 산행은 예정대로 진행이 되는 건가? 나도 함께 가면 좋겠지만, 이번 산행에는 참석을 못 할 것 같네. 기업인 세미나가 있어서 지방에 다녀와야 할 것 같네. 아무쪼록 우리 삼총사에게 좋은 기운을 심어주고 오게나. 공장장도 같이 가겠구만?"

그렇게 말을 끝마친 사장님은 오후 스케줄 때문에 먼저 자리에서 일어났다. 사장님이 나가자 고대로 부장은 시계를 한번 보더니, 공장장을 흘긋 쳐다보았다. 공장장은 마침 준비라도 하고 있던 냥 입을 열었다.

"아이고 허리야. 사장님은 한번 시작하면 끝이 없어요. 하하하. 고 부장님, 시간도 많이 지났는데 우리는 각자 현장에서 가르쳐

주기로 하면 안 될까요?" 고 부장도 지쳤는지 공장장의 물음에 흔쾌히 그러자고 대답했다. "아, 그리고 내일 우리 신입사원들은 당연히 올 거고, 여 과장은 시간이 어때?"

하수와 동기들은 서로 아무 말을 못 했고, 여 과장은 결혼식이 있다는 핑계로 참석이 어렵다고 말했다. 그러자 고 부장이 공장장의 말을 이었다.

"그럼, 저랑 공장장님 그리고 신입사원들만 가는 것으로 하시죠. 그동안 정신이 없어 서울 구경 제대로 못 해봤죠? 요즘 한양성곽길이라고 옛 한양의 도성을 다 연결해 놨는데, 가볍게 산책하기에 적당하고, 반나절이면 다녀올 수 있으니 겁먹을 필요는 없고. 산도 타고 서울 구경도 좀 해보자구요. 나도 들려줄 말이 좀 있으니까."

그러자 공장장이 말을 덧붙였다.

"하산해서 시장에 들러 찐한 뒷풀이도 할 테니까. 신입사원들은 늦지 않게 출발 10분 전까지는 무조건 나오도록. 알겠나?"

그렇게 '골'에 대한 사장님의 첫 번째 수업이 끝나고, 고대로 부장의 두 번째 수업이 예정되었다.

12

두 번째 GOAL, 골격 갖추기

토요일 아침의 서울 도심은 한가했다. 광화문 광장 이순신 동상 앞에 10분 전까지 모이라는 공장장의 말대로 하수는 약속 시각 10분 전에 광화문 광장에 도착했다. 광장에 우뚝 서 있는 충무공 이순신은 통영 출신인 하수에게는 익숙한 모습이어서 반갑기까지 했다. 휴일의 광화문 사거리와 광장에는 중국인 관광객들이 내국인들보다 많아 보였다. 잠시 딴생각을 하는 사이 멀리서 고대로 부장과 조던 공장장이 오고 있었고, 동기인 정욱이가 멀리서 달려오는 모습이 보이자, 공장장이 소리를 질렀다.

"어 동작 봐라. 빨리 안 뛰어?"

입사 동기인 세빈이는 가장 먼저 도착해 김밥과 생수를 사러 갔다고 했다. 오늘 산행은 고대로 부장이 주관한 것 같았다. 고 부장은 일행이 다 모이자, 공장장과 천천히 앞으로 걷기 시작했다. 오늘 산행 코스는 600년 서울의 중심이었던 한양의 옛 성곽 코스를 돌아보는 여정이었다. 고 부장은 세종문화회관 뒷길로 길을 잡아 인왕산을 기점으로 서울성곽을 오르는 코스를 잡았다. 세종마을을 통과해 옥인동 수성동계곡을 둘러보고, 인왕산 성곽을 따라 올라가 자하문 아래 윤동주 시인의 언덕까지 걷는 코스로, 다소 가파른 구간을 넘는 코스였다. 고 부장은 인왕산에 오르면 서울 도심의 경관을 한눈에 내려다볼 수 있다고 거듭 강조했다.

"저기 경복궁 뒤 편에 자리한 산이 바로 북악산입니다. 본래 백악이라 불렀다고 합니다. 조선을 세운 태조 이성계가 한양으로 도읍을 정하면서 주산으로 삼은 산이 바로 백악입니다. 청와대 뒷산이어서 한동안 개방이 안 되었었는데, 이제는 일부 구간을 제외하고는 완전히 개방되었지요. 인왕산은 저기 경복궁 왼편의 산입니다. 인왕산 아래를 서촌이라 부르고, 오른편을 북촌이라고 합니다. 인왕산은 북악산과 함께 커다란 바위산입니다. 바위산이라 좀 험하긴 하지만 오르면 서울을 한눈에 내려다볼 수 있으니, 좋은 기운도 얻고, 정상에 올라 가슴이 탁 트이는 서울을 한번 내려다보고 옵시다."

서촌 골목으로 접어들면서 고 부장은 본격적으로 말문을 열었다. 고 부장의 말투는 회사 내에서와는 다르게 조곤조곤한 말투에 경어를 쓰고 있었다. 고 부장은 그런 사람이었다. 고 부장의 경어 표현에 어리둥절한 하수 일행에게 매사에 공과 사가 분명해 꼭 밖에서는 존대나 경어를 쓴다고 공장장이 귀띔해 주었다. 휴일 오전 시간인데도 서촌에는 젊은이들과 외국인 관광객들의 모습을 쉽게 볼 수 있었다.

"제가 서울에 처음 올라와서 제일 먼저 오른 산이 바로 저 인왕산입니다. 이 근처에 제가 다니던 첫 직장이 있었는데, 여러분처럼 신입사원 때부터 마음이 어지럽거나 일이 잘 풀리지 않을 때 한동안 자주 올랐던 산이지요. 인왕산이 원래 예전에는 한양 백성들이 소원을 빌러 많이 오르던 산이기도 합니다."

고 부장은 겸재 정선이 서촌에 살면서 그렸다는 수성동계곡으로 길을 잡았다. 수성동계곡은 오래전에 없어졌다가 다시 복원되었는데, 인왕산을 정면으로 마주 볼 수 있는 최고의 조망 포인트였다. 고 부장은 계곡 입구를 마주하고 나서야 얼굴이 펴지는 느낌이었는데, 지금까지 회사에서는 한 번도 본 적이 없던 편안하고 여유로운 얼굴이었다. 공장장이 스포츠에 꽂혀있는 사람이라면, 고 부장은 등산에 꽂혀있는 사람인 듯했다.

"인왕산은 화강암으로 이루어진 바위산인데, 멀리서 보면 꼭 호랑이가 엎드린 자세와 같다고 합니다. 하얀 화강암의 바위는 마치 골격이 좋은 장수 같은 느낌도 드는데, 이게 제가 인왕산을 자주 오르는 이유이기도 합니다. 천천히 이야기하겠지만, 오늘 제가 여러분에게 말하려는 것이 바로 우리 회사의 두 번째 사훈인 '골격 갖추기'입니다."

고 부장은 수성동계곡과 서촌의 일화, 인왕산 중턱에 자리한 선바위의 유래까지 알려주면서 일행의 선두에 서서 산을 올랐다.

"우리나라 등반가 중 세계에 이름을 떨친 허영호 대장을 알고 있나요? 허영호 대장은 세계 최초로 3극지와 7대륙의 최고봉 등정에 성공한 전문등반가입니다. 한국인으로서의 끈기와 의지를 전 세계에 보여준 정말 멋진 산악인이자, 정말 존경할 만한 사람이죠. 저는 이분의 도전을 생각하면 정말 멋진 인생을 살았다는 생각에 마냥 부럽기만 합니다. 퇴직하면 저도 히말라야는 몰라도 세계적인 초지 등반은 꼭 해보고 싶습니다."

고 부장은 허용호, 엄홍길, 힐러리경 등 세계적인 등반가의 업적을 모두 암기하고 있는 듯했다. 고 부장은 허영호 대장의 극점 탐험과 7대륙 최고봉 등정이 그가 20여 년 정열을 바쳐 매진해 온 탐험 역정의 결정체라고 말했다. 또 그러한 업적을 이루기까지 수

많은 난관과 고난을 이겨냈다고 강조했다.

"어제 사장님 말씀처럼, 누구나 자신의 첫 번째 목표를 발견하는 것이 매우 중요한데, 허영호 씨의 목표는 제일 높은 에베레스트산을 자신의 인생의 첫 번째 목표로 삼았다고 합니다. 제일 먼저 자신의 퍼스트 골을 찾은 것이지요. 그리고 무려 20년 동안의 노력으로 3극지와 7대륙 최고봉에 깃발을 꽂은 것, 그게 바로 허영호 대장의 골든골이지요. 인생은 골포스트를 찾아가는 긴 마라톤입니다. 저는 여러분이 너무 조급해 말고 천천히 골몰해서 멋진 첫 골을 찾으면 좋겠습니다."

인왕산을 오르는 길은 계단으로 가파르게 이어졌는데, 조금 걸으니 숨이 가빠질 정도였다. 하지만 앞장서서 오르는 고 부장은 회사에서 본 모습과는 달랐다. 작은 체구로 산길을 오르는 모습이 마치 날다람쥐 같았다. 한참을 앞장서 오르던 고 부장이 잠시 길 곁으로 비켜섰다. 마침 내리막길을 내려오던 등산객들에게 길을 양보한 것이었는데, 나이가 지긋한 중년의 부부가 서로 두 손을 꼭 잡고 내려오는 것이었다. 고 부장은 우리 일행에게도 거기 '길 좀 드려요.'라고 손짓하였다. 그들이 내려가는 모습을 지켜보던 고 부장이 큰 소나무가 우거진 바위 앞에 서서 멀리 서울의 도심을 바라보며 시각장애인인 송경태 박사의 이야기로 이어갔다.

"송 박사는 군 복무 중 폭발 사고로 두 눈의 시력을 모두 잃고 한때는 자포자기로 죽음 같은 삶을 살았던 사람입니다. 하지만 어느 날, 라디오에서 시각장애인이 대학에 다니고 있다는 사연을 듣고, 재활하겠다는 굳은 신념으로 다시 새로운 인생을 살게 됩니다. 이후 송 박사는 장애인 세계 최초로 세계 4대 극한 사막 마라톤 그랜드슬램을 달성합니다. 그것을 계기로 아주 평범한 사람이었던 송 박사는 집안의 든든한 가장이자 사회복지학 박사, 시의회 의원 등을 지내기도 하는 등 각 분야에서 왕성하게 활동하며 누구보다도 행복한 삶을 살고 있습니다. 이뿐 아니라 장애인을 위한 신문발행, 시인이자 수필가로도 활동하며 나눔과 사랑을 실천하고 있는 사람입니다."

 고 부장은 그렇게 말을 던지고는 한동안 또 등산로를 올랐다. 하수와 신입사원들에게 생각할 시간을 주는 것 같았다. 앞장서 오르던 고 부장은 다시 뒤를 돌아보며 일행과의 거리가 가까워지자 다시 말문을 열었다. 고 부장은 송경태 씨가 장애에도 불구하고 히말라야를 등정하고 사하라 사막, 아타카마 사막, 고비 사막, 남극대륙 등을 마라톤으로 횡단에 성공했다고 말했다.

 "여러분도 송 박사처럼 그렇게 살아보고 싶지 않나요? 사람은 어떻게 마음을 먹는가에 따라 삶이 180도 바뀔 수 있죠. 그렇게 살아갈 힘과 능력은 어디에서 비롯될까요? 저는 송 박사의 그런 결실이 모두 삶을 바라보는 바른 마음가짐, 즉 삶을 대하는 태도와 자세에 있다고 생각합니다. 즉, 언제 어디서나, 또 어떤 상황에서도 올바른 마음가짐과 태도가 중요하다는 것이지요. 이러한 마음가짐과 태도가 우리 회사의 두 번째 사훈인 골격입니다. 즉, 모든 사람의 인생은 마음과 태도가 중요하다는 것이지요. 이게 오늘 제가 여러분에게 전하고 싶은 얘기의 핵심입니다."

하수는 잠시 숨을 돌리고 언젠가 사장님이 하신 말을 떠올리며, 인왕상의 정상을 가리키는 고 부장의 모습을 바라보았다. 사장님은 "고 부장은 매우 성실한 사람이네. 우리 회사의 기본 베이스가 되는 골격을 갖추는 데에 탁월한 자질과 실력을 발휘하고 있는 사람이지. 그만큼 고 부장은 기본과 태도에 충실한 사람이니 배울 게 많을 걸세. 간혹 답답하다고 여길 수 있지만, 그게 그의 가장 큰 장점이니까, 가까이하며 잘 지내보게나."

사장님의 말대로, 회사에서 고대로 부장의 포지션은 언제나 제자리를 지키는 기둥 같은 붙박이형 인간이었다. 그도 그럴 것이 '기본이 바로 서는 것이 가장 중요한 것이다.'라는 말이 늘 고 부장이 입에 달고 사는 말이자 변하지 않는 철학이었다.

"모든 조직이 그렇지만 회사라는 곳도 기본기와 기본 언어가 따로 있습니다. 이러한 회사생활의 기본기를 몸에 익히는 것은 성공적인 회사생활을 할 수 있는 기초가 되는 것이죠. 또 골격을 뼈대나 프레임이라 할 수 있는데, 좋은 골격을 갖추면 평생의 인격이 되고 품격 있는 삶을 살아가는 데도 많은 영향을 미칩니다."

당시는 하수가 수습 기간이라, 총무팀에서 업무를 배우고 익히는 때였다. 고 부장은 신입사원을 보면, 늘 직장인으로서의 마음가짐과 태도에 대해 강조했었다.

"로마에서는 로마의 법을 따르듯이 회사에서는 회사의 법을 따라야 합니다. 이제부터 여러분은 우리 회사의 기본 규율을 준수하면서 자신의 위치를 찾아가야 한다는 말이죠. 그러기 위해서는 필요한 기본기를 빨리 익히는 것이 중요합니다. 지금부터 여러분은 기본기를 익히는 매우 중요한 시간이란걸 명심하세요. 그냥 대충 시간만 보내려 하지 말고, 하루하루 무엇이든 원칙에 맞게 제대로 배우는 것이 중요합니다. 그것을 사회에서는 상식 또는 기본기라고 하고, 우리 회사에서는 골격이라고 부릅니다. 좋은 골격을 갖춰야 골을 힘차게 때릴 수 있고, 골문을 열어 골든골을 이룰 수 있습니다. 입사 후 1~3년까지는 평생의 골격을 갖추는 시간이라 생각하면 마음이 한결 편할 겁니다."

고 부장은 늘 골격은 어떤 사람의 인격이기도 하고, 품격이라고 강조했다. 지금 골격을 잘 다지면, 앞으로 언제 어디를 가서라도 당당할 수 있다는 것과 개인의 골격이 회사의 격이 되고, 회사의 격은 곧 국격이 되는 것이라고 말했었다.

그러면서 고 부장은 신입사원들에게 자신의 실제 경험을 정리한 작은 노트를 복사해 나눠주었다. 인쇄물의 첫 장에는 〈다시 첫발을 내디딘 고대로에게〉라는 제목이 적혀 있었다. 그리고 다음 장에는 '골격을 갖추자'라는 타이틀과 여러 가지 다짐들, 또 하루하루의 일정과 계획들이 순서대로 나열되어 있었다. 사장님 말대로 우리 회사의 사훈이 고 부장의 기획에서 출발했다는 것을 미루어 짐작할 수 있었다.

'다시 첫발을 내디딘 고대로에게'
골격 = 태도 + 마음 => 인격 =>품격

골격은 직장인이 갖추어야 할 기본기이다.
직장인의 골격은 태도와 마음가짐이다.

인쇄물에는 고 부장이 10년 동안의 회사생활을 바탕으로 조직생활의 기본기부터 필수적인 업무 스킬, 또 피부에 와 닿는 생생한 사례 등 회사생활에 필요한 직장인의 모든 것들이 고스란히 담겨 있는 것 같았다. 또 기본 관리업무와 현장의 업무 익히기, 자신만의 커뮤니케이션 방법, 자기계발 방법 등이 적혀 있었고, 직장내 인간관계, 경력관리, 나아가서는 일에 대한 마음가짐과 삶의 철학까지, 한 번쯤 고민하고 있던 문제들을 매우 현실적이고 유용한 팁별로 정리해 놓은 값진 자료였다.

그리고 최근에 정리한 듯한 '새내기 직장인을 위한 회사 완벽 적응법'도 간략하게 적혀 있었다. 첫째, 늘 감사하는 태도를 습관화하자. '감사합니다.'라는 말을 반드시 표현하자. 둘째, 긍정의 답을 하자. 어려운 순간에도 긍정으로 풀어가자. 셋째, 모두에게 배우자. 배움엔 지름길이 없다. 등등 다양한 생각들을 빼곡히 적어둔 노트였다.

당시 하수는 고 부장에게 받은 인쇄물을 가방에 넣고 다니면서 퇴근길에 조금씩 읽었다. 일반적인 자기계발서나 선배들이 흘려 말하던 것들과는 조금 다른 것이었다. 특히 고 부장의 입장에서 하루를 마감하며 적은 것이어서 그의 마음을 읽는 느낌도 들었고, 또 하루를 마무리하는 '퇴근 단상'을 통해 하수 역시 하루를 정리하는 시간이 되었다.

신입사원을 위한 골격 만들기

일과 인생의 기본기를 갖추어라.
예의가 바로 일에 필요한 '기본기'다.
좋은 태도와 자세를 몸에 익혀라.

170

직장인에게 시간관리는 기본이다.
메모하는 태도를 몸에 익혀라.
정리 정돈도 능력이다.

.

.

.

10년 동안 놓쳤던 것들을 분석해 골격을 하나하나 갖춰가는 과정에 대한 기록이었다. 고 부장은 그동안의 시간을 업무, 대인 관계, 자기관리 등으로 나누어 적고 있었다. 일종의 직장생활 설계도 같았다. 당시 고 부장은 하수에게 노트를 보여주며 말을 이었다.

"기본적으로 사람은 어느 위치에서건 자신만의 스타일이라고도 할 수 있는 골격을 갖춰야 합니다. 이것은 사람의 외형으로 드러나기도 하고, 첫인상으로도 나타날 수 있습니다. 즉, 골격이란 외형적 측면과 내면적인 측면 모두가 포함된다고 할 수 있죠. 그래서 골격을 튼튼하게 갖출수록 인격과 품격도 올라가게 된다는 겁니다."

하수는 앞장서서 가파른 바위산을 오르는 고 부장의 뒤를 따르며 잠시 옛 기억을 떠올렸다. 고 부장은 잠시 전망대에 멈추어 서서 숨을 돌린 후 말을 이어갔다.

"나 역시 몸에 밴 습성을 바꾸는 데 꽤 오랜 시간이 걸렸습니다. 대기업에서 근무했던 경험이 처음엔 오히려 독이 되기도 했죠. 그때 사장님이 말씀하시더군요. 중소기업에 맞는 골격으로 기본 골격을 바꾸는 것이 필요하다고 말입니다. 저기 하얀 빌딩 보이나요? 저기가 바로 제 첫 직장입니다."

한참 동안 서울 도심을 바라보던 고대로 부장은 계속 말을 이었다. 고 부장은 자신이 지방에서 대학을 졸업하고 평범하게 직장생활을 시작했다고 말했다. 당시만 해도 첫 직장이 곧 평생직장이라는 때였다. 하지만 대기업에서 수년간 근무하던 중 미국발 세계 금융위기로 대규모 구조조정을 겪게 되면서 지금의 직장으로 이직하였다고 했다. 그 역시 평범한 대한민국 직장인에 불과했기에, 예고 없이 찾아온 위기는 자신의 인생을 다시 들여다보는 계기가 되었다고 했다. 이후 고 부장은 한동안 좌절과 방황을 하다가 우리 회사에 새로운 도전의 첫발을 과감하게 내디뎠다고 하였다. 하수는 문득 IMF로 좌절하여 일어서지 못했던 아버지의 모습이 떠올라 하늘을 올려다보았다.

"저는 첫 직장에서 실패와 좌절의 경험을 통해 나의 한계를 깨달았습니다. 그리고 지금 우리 회사에 입사하면서 마치 처음 직장생활을 하듯이 저의 골격을 새롭게 바꾸기로 결심했죠. 직장인에게 가장 중요한 것이 무엇일까? 고민 끝에 찾은 답이 바로 골격을 갖추는 것이란걸 알았죠. 그때부터 직장인으로서의 마음가짐과 태도를 바꾸기 위해 부단히 노력했습니다."

고 부장은 경력직으로 입사하면서 그동안 대기업의 습성이 배어버린 자신의 골격을 바꾸기 위해 현재의 포지션, 즉 자기 위치를 제대로 보기 위해 남모를 노력을 했다고 하였다. 먼저 현재 시점에서 게임의 법칙을 이해해야 한다는 것을 깨달았다고 말했다. 그래서 중소기업 직장인으로서의 자세와 태도를 몸에 익히는 과정이 필요하다고 생각해 1년여 동안 회사의 현장을 분주하게 쫓아다녔다고 했다. 고 부장은 당시의 시간이 자신의 포지션을 파악하고, 자신의 역량을 재정비한 매우 중요한 시간이었다고 말했다.

"모든 스포츠에서 자신의 이름을 떨친, 세계적인 골잡이의 성공비결과 성공한 직장인 사이에는 공통점이 있습니다. 그건 바로 기본기를 얼마나 잘 갖추고 있느냐는 것입니다. 즉, 자신의 자리를 정확히 인식하고 그에 맞는 기본기를 몸에 익숙하게 하는 것입니다. 저는 그것이 골을 때리기 위한 기본 요소인 골격이라고 정의합니다. 좋은 골격을 갖추어야 골을 잘 때릴 수 있다는 것이지요. 즉, 골 때리는 직장인이 되기 위해서는 기본이 되는 골격을 갖추는 노력이 필요하다는 얘기입니다."

수성동계곡을 지나자, 고 부장의 말대로 인왕산의 거대한 기암절경과 웅장한 산세가 눈앞에 나타났다. 그리고 어느덧 하수와 일행은 인왕산 정상에 올라 서울의 도심을 내려다보았다. 인왕산 정상에 오르니, 해발 338m 인왕산 표지석이 자리하고 있었고, 서울 도심과 북악산, 멀리 남산까지가 발아래로 펼쳐졌다. 멋진 풍광은 마치 신입사원을 위해 준비한 고 부장의 선물 같았다.

"저기가 바로 서울의 도심입니다. 왼편으로 보이는 것이 북악산이고, 저쪽에 정면으로 남산타워가 보이지요? 요즘은 N서울타워라고 합니다만. 제가 자주 인왕산에 오르는 이유는 현재의 서울과 현재의 나를 마주하는 느낌이 들기도 하고, 답답한 도심의 현실에서 벗어나 자연을 마주하는 편안함 때문입니다. 또 저기 저 도시의 공간에서 모두가 각자 자신의 꿈을 위해 열심히 달리고 있는 모습을 상상하면, 위로도 되면서 평상심을 되찾기도 하구요. 우리는 모두 각자 자신이 선택한 삶 속에서 시행착오도 경험하고 좌절도 겪으면서 살아가고 있습니다. 모두가 비슷하지요. 모두가 힘든 일, 불가능한 것과 매번 힘겨루기하며 무한한 가능성이 보이는 자신의 꿈을 위해 또 달려가지요. 그게 인생이라는 그라운드의 법칙이자 순리입니다."

고 부장은 회사에서와는 달리 하수와 신입사원들 모두의 얼굴을 하나하나 바라보며 편안하고 따뜻하게 말했다. 사실, 고 부장은 평상시 회사에서도 후배들의 고민과 고충을 진지하게 들어주는 상담자이다. 그는 특히 신입사원들의 정신적인 멘토 역할을 도맡았고, 또 가정사로 인해 힘들어하는 직원들을 보면 늘 해답을 찾아내 자상하게 조언해 주는 사람이기도 했다. 이 모두가 대기업의 시스템에서 쌓아온 경험과 중소기업 직장인의 애환을 모두 겪어본 것이었기에 가능한 것이었다. 하지만 오늘 고 부장은 또 다른 모습이었다. 그는 직장의 선배나 상사라기보다는 오히려 동시대를 함께 살아가는 인간, 어깨를 함께 나누고 살아가는 한 사람으로 말하고 있는 듯했다.

하산 후엔 공장장의 말대로, 서촌 인근의 옛 재래시장을 들르는 것으로 하였다. 윤동주 시인의 언덕으로 내려와 자하문에서 경복궁 마을버스를 타고 통인시장에 들러 요기도 하고 산행의 피로도 풀겠다는 계획이었다. 하산 길에 윤동주 문학관도 고 부장이 미리 준비한 코스 같다는 생각이 들었다.

"윤동주 시인의 서시를 배운 적이 있죠? '하늘을 우러러 한 점 부끄럼 없는 삶'을 노래했던 시인이자 독립운동가였습니다. 오늘 산행은 마치 서시처럼, 여러분 인생에서 중요한 시간이 되었으면 하고 준비한 것입니다. 누구나 자기 인생의 출발점에서 마음에 새길만 한 서시 하나쯤 마음에 품어보는 것도 나쁘지 않겠죠? 내 인생을 여는 마음가짐, 인생을 대하는 기본태도, 또 앞으로 살아갈 사회초년생으로서의 자세 등 여러분 인생의 노트에 서시를 써보라는 것입니다. 아직 선명하지는 않겠지만, 현재의 자신을 명확하게 바라보고 나의 할 일, 나의 사명이 무엇인지 발견하는 것이 필요합니다. 그렇게 하다 보면 언젠가 자신의 골격을 갖출 수 있을 겁니다. 튼튼한 골격은 올바른 마음가짐에서 비롯된다는 걸 기억해 주세요."

산에서 내려온 일행은 통인시장을 찾아갔다. 주말을 맞은 시장은 사람들로 인산인해를 이루었다. 관광객들과 데이트를 즐기는 젊은이들, 또 산행을 즐기고 온 무리로 북새통을 이루고 있었다. 하수 일행은 시장의 이곳저곳을 구경하고 시장 안쪽에 자리해 좀 번잡함이 덜한 국밥집에 자리를 잡았다.

"사람마다 골격이 다릅니다. 누구는 선천적으로 좋은 골격을 타고나기도 하지만, 또 누군가는 비교적 약한 골격을 타고 나기도 하지요. 하지만 선천적이건 후천적이건 자신의 노력에 따라 얼마든지 달라질 수 있습니다. 마치 운동선수가 자신의 종목에 맞는 골격을 키워나가는 과정과 다르지 않습니다. 이는 인생이란 그라운드에도 어김없이 적용된다고 할 수가 있지요. 스스로 매일 갈고 닦아야 할 기본기와 기본 역량을 찾아보고, 이를 매일 실행해 가다 보면 여러분도 단단한 골격을 갖출 수 있을 것입니다. 이것이 오늘 제가 선배로서 여러분께 드리는 마음의 선물입니다. 오늘 모두 고생이 많았습니다."

하수에게 특별한 추억이 된, 고 부장과의 주말 산행은 그렇게 끝났다. 뒤풀이를 마치고 집으로 돌아오는 길에 이미 해는 넘어가고 있었다. 고대로 부장이 마지막으로 던진 말이 머리에 계속 맴돌았다. '나만의 골격, 나만의 서시.'

그냥 지나가는 말이 아니었을 것이다. 집으로 돌아간 하수는 책상에 앉아 자신의 현재를 하나씩 짚어보기 시작했다. 그리고 먼저 노트를 펼쳐 사장님과 고대로 부장의 말들을 떠올렸다. 하수는 일단 자신의 현재 골격을 체크하는 것이 필요했다. 지금의 나는 어떤 골격을 갖추고 있는가? 자신의 현재 골격을 파악한다면, 부족한 부분을 보강하여 후천적인 골격을 갖출 수 있으리란 생각이 들었다. 하수는 먼저 사전에서 골격(骨格. skeleton)의 뜻을 찾아보았다.

골격

사람의 몸을 유지케 하는 지주(支柱)로 가장 기본적인 요소이다.
골격은 인체의 기본형을 이루는 견고한 구조물이다.
체격 및 자세를 지탱하며 운동의 토대가 되고,
내장의 모든 기관을 지탱·보호하는 역할을 한다.

또 하수는 예전에 고 부장에게 받았던 인쇄물도 들추었다. 한참을 읽고 넘기던 하수의 시선이 한곳에 머물렀다. '사람의 일생은 첫 번째 골 찾기로 시작된다. 누구에게나 자신만의 골은 있다. 첫 번째 골은 찾는 사람만이 발견할 수 있다. 나를 알면 골을 발견할 수 있을 것이다.'라고 적혀 있었다.

13

세 번째 GOAL, 골 때리기

골백번 골을 때려라

입사 1년을 맞이하는 기간은 아주 특별한 날의 연속이었다. 산행을 다녀온 후 며칠이 지나지 않은 날이었다. 아침 미팅이 끝나자마자 공장장이 하수를 불렀다.

"신입사원들 오늘 점심같이 할까? 내가 맛있는 점심 사줄 테니까, 모두 본관 앞으로 11시 30분까지 모이도록. 지각하는 사람은 점심값 자기가 내는 거야. 하하."

마침 급한 일이 끝난 터여서 회사의 업무는 일상적이었고, 동기들 역시 그다지 바쁜 일이 없는 듯하였다. 그리고 혹시 바쁜 일이 있더라도 공장장의 권유를 뿌리칠 만큼 강단이 있지도 않았다. 하수는 오전 업무를 마무리하고 동기들과 본관 앞으로 모였다. 공장장은 이미 봉고차의 운전대를 잡고 있었다. 아직 점심시간이 30여 분이 남은 터였기 때문에 회사 앞마당은 한가했다. 11시 30분을 2분여 남기고 동기들이 모두 차에 올라타자, 공장장은 특유의 씩씩한 드라이빙으로 회사 정문을 빠져나갔다.

"다들 답답하지? 오늘 점심은 오랜만에 좀 멀리 있는 맛집에서 먹고 오자고. 하수 씨 고향이 통영이랬나? 여기서 제일 가까운 바닷가로 가볼까 하는데."

공장장의 운전 실력은 역시 달랐다. 공장장은 뭐든지 몸이 앞서는 사람이었다. 그의 운전하는 자세와 방식 역시 남달랐다. 그는 안전띠를 매고 앉아 운전대 앞으로 쏠리는 자세를 취하고 있었다. 마치 차보다도 먼저 달려가려는 듯한 자세는 육상선수가 출발신호를 기다릴 때의 스타트 자세와도 같았다. 그게 그의 스타일이었다. 고대로 부장이 이론에 정통해 조곤조곤 설명하는 사람이라면, 공장장은 무엇이든지 행동이 앞서는 사람이었다. 하수는 사장님이 지난번에 했던 말이 떠올라 혼자서 씨익 미소를 지었다.

"공장장은 우리 회사에서 가장 액티브한 사람이야. 공장 직원들이 마치 기계처럼 일하는 것에 매우 회의를 느끼는 사람이네. 그래서 어떻게든 공장 사람들을 웃게 하려고 무진장 노력하는 사람이지."

그 말을 듣고 보니, 하수는 공장장의 일거수일투족이 눈에 보였고, 그러한 방식이 바로 공장장다운 방식이라고 생각했다. 이 때문에 누구든 공장장과 잠깐이라도 이야기를 나누다 보면, 가슴이 뜨거워지고 무언가 큰 에너지를 얻는 느낌이었다. 그는 '할 땐 팍, 쉴 땐 푹' 생활하자는 것을 모토로, 주변에 긍정적이고 유쾌한 바이러스를 전파하고자 힘쓰는 사람이었다.

"일이 잘 안 풀리고 회의가 들면, 공장을 둘러보는 것도 좋아. 우리 공장에는 20년 넘게 똑같은 일을 하는 아주머니들을 쉽게 볼 수 있거든. 매일 똑같은 일을 하는 그 사람들 모습에 인생의 답이 있으니까. '생활의 달인'이라는 TV 프로그램을 보면, 수십 년 동안 매일 같이 똑같은 일을 한 달인들이 나오잖아. 하지만 모두가 똑같은 시간을 일한다고 하더라도 모두가 달인이 되는 게 아니야. 매 순간 최선을 다하고, 자기 나름의 기술을 발견해서 연마한 사람들이 결국 그 분야의 최고가 되는 거지."

공장장은 가는 도중 '생활의 달인'이란 프로그램을 한 번도 빼놓지 않고 시청한다는 이야기와 수십 년간 한 분야에서 일하며 사는 사람들의 열정과 노력, 그리고 달인의 경지에 이르는 사람들의 삶이 정말로 우리 사회에서 존경받아야 한다고 말했다.

"나는 주말에 틈만 나면 집에서 가까운 인천 쪽 새벽 재래시장을 둘러보는데, 꼭두새벽부터 열심히 살아가는 사람들의 모습을 보면 왠지모를 기운이 솟더라고. 오늘은 거기서 만두 맛이 끝내주는 만둣국을 먹을까 하는데, 다들 괜찮지? 만두만 수십 년 빚은 생활의 달인에도 출연한 집인데, 맛있게 먹으면서 달인들 사는 모습도 보고 오자고."

그러면서 공장장은 '절차탁마(切磋琢磨)'의 정신을 강조하였는데, 이야기는 '달인'의 스토리와 연결되어 있었다.

하수는 공장장이 본래 책을 좋아하는 편이 아니었지만, 좋은 격언은 외우고 다닌다고 알고 있었다. 대개 그러한 격언이나 말들은 모두 TV 프로그램에서 나온 내용이었다. 공장 사람들에게 한동안 생활의 달인과 김병만이 나오는 개그 프로그램이 인기였는데, 그 인기의 중심에는 역시 공장장이 있었다. 공장장은 식사 시간이나 휴식 시간에 달인이나 장인 관련 TV 프로그램을 구내식당에서 지속적으로 볼 수 있도록 회사에 건의했다. 달인 콘셉트 프로그램이 직원들에게 사명감과 자긍심을 높이는 취지가 담겨 있었기 때문에 사장님과 고 부장도 이에 적극적으로 찬성하였다. 그리고 공장 한편에 마련된 휴게실에는 '달인'에 관련된 신문 스크랩과 관련 서적, TV 프로그램의 시간표 등이 늘 마련되어 있었다.

휴게실에서 가장 돋보이는 것은 들어서면 정면으로 보이는 슬로건과 달인의 정의였다. 임직원 한 명 한 명의 환한 얼굴이 슬로건과 정의를 벽면 가득히 둘러싸고 있어 마치 한 사람, 한 사람이 달인이라는 느낌이 들었다.

당신이 ㈜골든골의 달인(達人)

학문이나 기예에 통달하여
남달리 뛰어난 역량을 가진 사람.
널리 사물의 이치에 통달한 사람.
한 분야의 경지에 오른 고수.

오늘도 세계 최고의 볼을 만드는
당신이 ㈜골든골의 달인입니다.

"우리 공장 사람들 모두는 달인이지. 사실 우리 공장에도 오직 한 가지 일만 해 온 달인이 많아. 매일 똑같은 일을 반복하면서 경지를 이룬 사람들이지. 누구보다도 존경받아 마땅한 사람들이고. 처음부터 그분들도 그렇게 잘할 수는 없었겠지. 새로운 자기만의 기술을 찾아서 매일 같이 백 번, 천 번, 만 번 반복한 결과지. '될 때까지 실행한다.'라는 작은 거인 김병만의 좌우명처럼 말이야."

공장장이 거듭 강조하는 달인의 법칙은 결국 '1만 시간의 법칙'과 흡사했다. 골백번 때리면 안 될 일이 없다. 달인이 되려면 골백번 때려야 한다. 그러면 누구나 경지에 이른다고 공장장은 강조하였다. 이 때문에 현장에는 커다란 글씨로 '골백번'이란 말이 공장의 벽면 곳곳에 쓰여 있었다. 공장장의 철칙은 거두절미하고, '골백번'으로 연결되어 있었다. '10년 동안 골백번 골을 때려라'가 공장장이 우스갯소리로 하는 말이었다.

골백번의 골

우리 옛말에서는 백(100)을 '온', 천(1000)을 '즈믄'이라 하고,
만(10000)을 '골'이라고 하였다.
즉, 골백번은 10000의 100승으로
매우 큰 숫자를 나타내는 순우리말이다.

언젠가 지방 출장길에서 여 과장은 말했었다. 공장장은 어려운 가정환경 속에서 힘들게 생활하고, 방황하며 젊은 시절을 보냈던 것. 그리고 집안 형편으로 대학을 포기하고, 맨몸으로 사회에 나와서 갖은 고생을 하였다는 것. 하지만 늘 뒤쳐져 있고 암울했던

공장장의 장점을 찾아준 이가 바로 사장님이었다고 했다.

"공장장은 우리 회사에 들어오면서 180도 달라진 사람 중 한 명이래. 공장장 역시 매일매일 다람쥐 쳇바퀴 돌 듯 하루를 보내 던 사람이었다는 거야."

하지만 우리 회사에 입사하는 날부터 사장님은 그의 특유의 근성과 실행력을 알아보았다. 즉, 공장장은 그의 인생을 열어주는, 자신의 자질을 찾아주는 좋은 코치를 만나게 된 셈이었다. 공장장의 인생은 마치 2002년 월드컵 때 히딩크를 만난 박지성 선수 같은 것이었다. 당시 사장님은 그 누구보다도 빠르고 신속하게 일을 처리하는 실행력을 눈여겨보며 그에게 힘을 실어주었다. 그 뒤로 공장장의 인생은 바뀌기 시작했다. 그는 언제나 즐겁게 현장을 뛰어다니고, 누구보다도 가슴 뛰는 인생을 사는 사람으로 변했다. 그에게도 새로운 꿈이 생겼기 때문이었다.

"내가 공부를 다시 시작하게 된 게 우리 회사에 입사하고 5년째부터야. 그동안 많이 배우지 못한 한을 풀 게 된 건데, 사장님과 회사 차원의 적극적인 지원이 있었지. 덕분에 나도 다람쥐 쳇바퀴에서 빠져나올 수 있는 사람이란 걸 알게 됐고, 뭐든 하면 된다는 신념이 더욱 강해진 거지."

하수는 언젠가 사장님이 공장장에 대해 했던 말이 생각났다.

"한 사람의 인생을 바꾸는 가장 큰 힘은 바로 실행력일세. 우리 회사의 사훈으로 말하면 바로 '골 때리기'지. 공장장은 실행력이 엄청난 사람이야. 보통 사람들처럼 이것저것 재는 것이 없이 일단 실행하고 보는 사람이지. 가끔 무모하게 덤비는 것이 흠이기도 하지만, 누군가가 조금 돕는다면 그의 추진력으로 나아갈 수 있다고 생각한 거지."

공장장은 생각한 순간 즉시 실행하는, 앞뒤 없는 미친 실행력을 지닌 사람이란 것이었다. 사장님은 이런 그의 특성을 일찍 간파하고 납기 날짜를 맞추기 어려운 작업이나, 무언가 뚫고 나아가야 하는 어려운 일이 있으면, 고 부장을 두뇌로 하여 공장장의 실행력에 일임하였다. 공장장은 남들이 머릿속으로 계획하느라 시간을 보낼 때 이미 행동하고 있는 사람이었다. 가끔 공장장의 저돌적인 실행력을 볼 때면, 공장 사람들은 미친 사람 같다며 혀를 내두르기도 했다. 사장님 역시 그를 '무엇이든 던져주면 기어이 해내고야 마는 사람'이라고 말하기도 했다. 이처럼 그는 누가 보더라도 특유의 추진력과 실행력으로 공장을 장악하고 있는 사람이었다.

그 덕에 회사는 몇 차례의 위기도 넘길 수 있었다고 했다. 회사

차원에서 새로운 제품을 만들 때도 그의 실행력은 돋보였다. 누구도 실현 가능성이 낮다고 말하는 아이디어 상품이나, 제품의 생산 과정에서 그는 무조건 이렇게 말했다.

"자자, 일단 해보자고. 안되는 게 어디 있어. 우리 현장은 그냥 눈에 보이게끔 만들어 내기만 하면 돼. 자! 만들어 보자고. 까짓것 며칠 밤새우면 못 만들어 내겠어?"

한번은 중국 측의 바이어로부터 무리한 요구가 들어왔다. 고 부장은 절대 가능하지 않은 일이라고 하였고, 공장 사람들 역시 모두가 반대의견이었다. 그때 공장장이 나섰다. 그는 마치 커다란 깃발을 들고 전장으로 나아가는 삼국지의 장비 같은 모습이었다. 그는 할 말이 있으면 얼굴이 붉으락푸르락 달아올랐는데, 마치 사납게 가시를 세운 고슴도치 같은 모습이어서 아무도 말릴 수가 없었다.

"모두 다 꿈만 꾸며 계획만 짜고 있을 순 없는 노릇이잖아? 그 꿈과 계획, 목표를 위해 무엇이든 먼저 실행하는 사람도 필요하지. 나는 그중에 실행력을 타고났고 말이야. 나도 몰랐던 나의 특성을 사장님과 우리 회사가 찾아준 게 고마워서라도 맘껏 펼쳐보는 거야. 난 사실 책상머리 체질이 아니라서 똥 볼이라도 차야 하는 사람이거든. 그냥 머리만 싸고 앉아있는 우리 고 부장님이랑은 체질이 달라. 하하하."

　사장님은 언젠가 지금 우리 회사가 국내 최고가 되고, 또 아시아에서 두각을 나타내는 최고 스포츠용품 기업이 되기까지 공장장의 실행력도 큰 도움이 되었다고 말했었다. 그 때문에 사장님은 그가 움직이면 공장이 돌아갔고, 또 새로운 상품이 나왔으며, 회사의 매출이 상승한다고 믿고 있었다. 이렇듯 무모하기까지 한 실행력이 공장장이 지닌 최고의 경쟁력이었다.

골백번 때리기 원칙

골을 때려라.
골을 이루고 싶다면 골백번을 때려라.
똥 볼이라도 좋다.
무조건 골백번이다.
거두절미하고 오직 골백번!
골든골을 이루고 싶다면,
먼저 달려가 골을 때려라.
골을 때려야만 인생의 골든골을 이룰 수 있다.

　공장장이 거듭 말하는 내용을 축약하면, 골 때리기의 핵심은 실행이라는 것이었다. 지금 당장 몸을 움직여 골을 때려라. 일단 골을 때려야 골문이 열린다. 인생을 바꾸고 싶다면, 몸을 움직여야 한다는 것이 바로 공장장의 조언이었다. 몸이 정신을 깨우고, 몸이 마음을 움직인다는 게 그의 가장 큰 신념이었다.

"해보지도 않고 안 된다는 생각은 생각조차도 하지 마. 무조건 실행이 먼저야. 운동경기에서 이기려면 많이 움직이는 것이 장땡이지. 흔들어야 틈이 생기고, 골을 때릴 기회가 생기고, 그렇게 골백번 때리다 보면 골문은 열려. 그래서 움직이고 또 움직이는 실행만이 인생을 바꿀 수 있는 거야."

하수는 사장님의 말처럼, 공장장은 철저히 행동으로 자기 생각을 지배하는 인간형이라고 생각했다. 이러한 사람들의 특징은 한 가지 목표를 정하면, 그다음에는 그대로 앞만 보고 실행하는 것이다. 오늘 하지 못한 일은 평생 실행하지 못한다고 여긴다. 언제 할까, 어떻게 할까를 고민하지 않으며, 지금 당장 움직여야 한다고 믿는다.

"지금 마음속에 꿈틀대는 것이 있다면, 당장 그걸 먼저 해버려. 실행하면 어느 순간 선물을 받게 돼 있거든. 골백번 때리다 보면 골이 터지는 것처럼 말이야. 그럼, 언제 실행하냐고? 바로 지금 하는 것이 실행이야. 완벽한 꿈보다 앞서는 것이 바로 실행이지. 사소한 꿈이라도 시행착오가 쌓이고 쌓여야 이루어지는 거야. 이게 바로 미적미적하면서 이루지 못한 인생을 180도 바꾸는 방법이지."

공장장은 아무리 뜨거운 열정과 큰 꿈을 가지고 있더라도 실행하지 않으면 아무짝에도 쓸모없는 것이 된다고 생각하는 사람이다. 즉, 그는 실행하는 사람만이 승자가 된다고 믿으며, 생각을 무조건 행동으로 옮기는 방법을 알고 있는 사람이었다.

"사람들은 바쁘다는 둥, 잘 안될 것 같다는 둥 하며 현실의 제약을 핑계로 시도조차 안 해. 해보면 제약이란 게 실루엣에 불과한 경우도 허다한데 말이야. 그래서 실행은 미루는 것이 아니라 지금 하는 것이 성공률이 제일 높아"

사실, 하수도 보통 사람들처럼 무언가 바로 실천하고 싶지만, 도무지 어떻게 실행을 시작할지 모를 때가 많았다. 그때마다 공장장은 하수에게 몇 가지 방법을 말해주었다. 그가 제시한 첫 번째 방법은 '행동이 먼저다'라는 것이었다. 즉, 행동을 먼저 하고, 생각은 나중에 해도 된다는 것이었다. 공장장은 행동이 생각과 마음을 절대적으로 지배한다고 믿는 것 같았다.

"언제, 어떻게 실행해야 할까? 등등 미리 생각할 필요가 없어. 실행하기 전에는 '아무 생각도 하지 않기'가 우선이야. 생각이 많으면 많을수록, 계획이 길어질수록 몸은 느리게 움직일 수밖에 없잖아. 다행히 머리와 다리는 멀리 떨어져 있어서 머리가 정리가 안 되어도 다리는 걸을 수 있잖아? 그러니 손발을 먼저 움직이란 말이야. 미리 안 될 것을 걱정하고, 핑계를 찾고, 앞뒤 계산을 하는 시간에도 상황은 계속 바뀌고 있다는 걸 알아야 해. 뒤늦게 찾은 해결책을 실행하면 이미 낡은 방법이 돼버린다구. 그래서 실천은 멈칫하지 말고 그냥 해보는 게 무엇보다 중요해."

남들이 머릿속으로 고민할 때 한 걸음 내딛고, 계획하느라 시간을 보낼 때 이미 행동해야 한다는 것이었다. 생각보다 한 걸음이 먼저다. 그래야 남들보다 먼저 골을 이룰 수 있다는 것이었다. 다시 말해 1톤의 생각보다 1g의 실행이 우선이라는 것이다.

"누구나 하루에도 수만 가지 계획과 생각을 하며 살잖아. 사람의 머릿속을 무게로 잰다면, 과연 그 무게가 얼마나 될까? 너무 많은 생각을 담고 있는 사람들의 머리는 늘 무거울 수밖에 없어. 이것저것 너무 많은 것을 머릿속으로 계획하느라 실행에 옮기지 못해 더해지는 무게인 셈이지. 결국, 행동으로 실천하는 이들은 극소수에 불과해. 왜 생각만 하고 실행하지는 못하는 걸까? 이유는 오직 하나. 너무 많은 생각과 계획이 발목을 잡으니까."

공장장이 말한 골 때리기의 두 번째 방법은 지금 당장 실행하는 습관화이었다. 한 걸음 내딛었다면, 그다음은 한 걸음을 습관으로 만들어야 한다는 것이었다. 즉, 지금 당장 계획한 머릿속 생각을 행동으로 옮기는 습관을 만들라는 것이었다.

"대부분 사람은 지금보다는 나중에, 오늘보다는 내일로 미루며 스스로 합리화시키는데. 그렇다면 정말 다음의 시간이 주어질까? 그때가 오면 실행할 수 있을까? 아마 내일은 또 내일로, 또 내일로 미루고 미룰 게 뻔하지. 안 그래? 왜 그럴까? 당장 하기 싫고 너무 귀찮기 때문이지. 그런데 한 번 미루기 시작하면 끝이 없어. 그 때문에 이루고자 한다면, 지금 바로 골을 때려야 해. 맨발이면 어때? 신발이 준비될 때까지 기다려? 아니야. 다 준비될 때까지 기다리면 골의 기회는 영원히 남의 것이 될 뿐이야."

공장장은 생각을 옮길 수 있는 때는 바로 '지금'이라는 것을 잊지 말아야만 한다고 강조했다. 그러면서 골 때리기의 1단계로 원하는 것이 있다면 먼저 자리를 박차고 일어나야 한다는 것. 그래서 골을 넣을 골문을 바라보고 일단 움직이는 것이 중요하다는 것. 2단계는 지금 당장 골을 때리는 습관을 만드는 것이었다.

"성공한 이들의 가장 큰 특징은 생각을 곧바로 실행하는 실행력을 갖추고 있는 사람들이란 거야. 우리가 잘 아는 스티브 잡스, 오프라 윈프리, 빌 게이츠는 머리가 좋은 사람이라기보다는 자기 생각을 바로 행동으로 옮겼기 때문이지. 그 때문에 지금 여러분들이 가장 먼저 해야 할 것은 바로 실행력을 키우는 거야. 다시 말해 골이 떠오르면 골을 때리고, 골문이 보이면 또 골을 때리고. 수도 없이 골 때리는 습관을 몸에 익히는 게 필요하지. 당장 지금부터, 내일이 아닌 오늘 당장 골을 때리는 습관 말이야. 그게 무엇이든지 생각만 하지 말고, 너무 골몰하지 말고, 골격이 다 갖추어지기를 기다리지도 말고 지금 당장 골을 때리란 거야. 골몰도, 골격도 시작이 있어야 다음으로 이어지니까."

공장장은 골을 때리는 실행력이 골든골을 이룰 수 있는 가장 빠른 지름길이라고 했다. 즉, 작은 골이건 큰 골이건 골을 자꾸 때려야만 골인의 기회가 찾아온다는 것이었다. 그렇게 수없이 골을 때리다 보면, 작은 골이 터지게 되는데, 그 골인의 환희를 기억하는 것도 중요하다고 언급했다.

"일단 무엇이든지 몸에 배게 하려면, 3개월 정도의 시간을 투자해. 내가 바꾸고 싶은 습관, 세운 목표를 실행하기 위해서는 아무 생각도 말고 그저 약 3개월 동안, 즉 100일 동안 무조건 하는 거야. 그때까지는 아무 의심도 하지 않는 것이 답이 될 수 있지. 100번 하면 무엇이든지 저절로 알 수 있다는 것이 나의 신념이고, 우리 회사에서 말하는 골타의 기본 수칙이야. 골백번 때리기도 100번은 해보고, 그다음에 생각해 봐."

공장장은 이제 1년 차를 맞이한 삼총사에게 비법을 알려줄 작정으로 점심시간을 따로 챙겨 생활의 달인이 운영하는 가게를 잡은 것이었다. 공장장이 목소리를 높여 강조했던 것이 우리 회사의 세 번째 사훈인 '골 때리기'였다. 점심을 마치고 돌아오는 길에도 공장장은 미루지 않고 실천하는 것이 골을 때리는 비결이란 걸 강조했다.

"여러분이 지금 당장 할 일은 바로 실행에 옮기는 거야. 결국 위대한 골든골인 성공도 매일매일 실천한 작은 단위의 실행에서 비롯되지. 이제 1년이 지나고 새롭게 직장생활이 시작되는 때이니, 지금부터라도 매일 골을 때리는 연습을 시작해봐."

"누구나 '성공'이라는 말을 가슴 한가운데 품고 성공을 꿈꾸는 사람은 많지만, 모두 성공을 거두는 것은 아니지. 성공하는 사람과 실패하는 사람의 차이는 결국 실행이 판가름할 거야."

골 때리는 방법

골타 하나, 생각보다 먼저 골을 때려라.
골타 둘, 지금 당장 골을 때려라.
골타 셋, 골백번 골을 때려라.

14

네 번째 GOAL, 골인하기

골인의 중심은 사람이다

하수는 공장장의 순서가 끝났으니, 조만간 여 과장의 순서가 있으리라 짐작했다. 하지만 여 과장의 특징은 이름 그대로 여유만만이었다. 공장장과의 점심 이후 한 주가 지나갈 무렵에야 외근을 마치고 사무실에 들어온 여 과장이 하수와 동기들의 스케줄을 물었다.

"하수 씨, 이번 주 목요일에 동기들이랑 같이 술 한잔 어때? 장소랑 비용은 걱정말고 스케줄만 확인 좀 부탁해. 근사한 곳으로 모실 테니. 캬캬캬."

하수가 그동안 지켜봐 온 여 과장은 겉으로는 여유가 넘치지만, 그 이면에는 굉장히 세밀함을 갖추고 있는 사람이었다. 늘 재미있는 발상을 하면서도 그 속에서 의미를 찾는 사람이라, 하수와 동기들에게 인기가 높을뿐더러 배울 점도 많은 선배였다. 지난봄 템플스테이도 회사 워크숍을 좀 특별하게 하자는 여유만 과장의 아이디어로 전 직원이 다녀온 것이었다.

"부장님, 우리 회사도 이제 우리만의 기업문화를 좀 고민할 필요가 있지 않겠습니까? 직장인들이 워라밸을 추구하는 분위기로 바뀐 지도 한참 됐고, 우리 회사도 새로운 변화를 시도해 볼 때가 된 것 같기도 하구요. 모든 기업이나 공동체에서 가장 중요한 것이 바로 사람이고, 우리 회사의 사훈인 골인 이루기와 연결된다고 생각합니다만."

지난봄 회사 단합회 겸 워크숍을 태안 쪽 바닷가 휴양지로 잡으려 했을 때의 일이었다. 마침 급한 일이 끝나고 잠시 여유가 있는 때여서, 전 직원이 함께 워크숍을 가기로 하여, 어디로 가면 좋을지 직원들에게 설문조사를 했다. 대략 '어디로 가면 좋을지? 가서 무엇을 하면 좋을지? 묻는 것이었는데, 형식적이어서 모두 특별히 고민하거나 의견을 내지 않았다. 워크숍이란 것이 직장인의 관점에서야 휴일을 회사에 반납하는 것이기도 하기에, 모두가 시큰둥할 만도 했다. 그 때문에 행사를 책임지고 있는 고 부장이 신입사원들과 현장의 고참 근로자들에게 의견을 물으며, 참신한 아이디어를 얻는 과정이었다.

그때 여 과장이 뭔가 꾹 참고 있었던 듯이 말했다. 여 과장은 독특한 캐릭터로 늘 재미있는 발상이나, 각 분야에 대한 호기심이 많은 스타일이다. 그 때문에 나름 각 분야에 박학다식한 정보를 지니고 있고, 그만큼 문화나 예술 등 다양한 분야에도 관심이 많은 편이었다.

"그게 말입니다. 부장님, 우리 회사도 좀 독특하게 워크숍을 진행하면 안 될까 해서 드리는 말씀입니다. 사실, 부장님 일손을 더는 일이기도 한데, 이번엔 템플스테이가 어떻습니까? 사찰의 프로그램에 참여만 하는 개념이어서 고 부장님도 오랜만에 좀 쉬실 수 있고 말입니다. 부장님은 매번 워크숍을 가서도 제대로 쉬지도 못하셔서 안타깝기도 하고. 이번에는 여행처럼 휴식도 하면서 모두가 재충전할 수 있는 특별한 경험을 하면 어떨까 합니다. 우선은 부장님이 임직원 뒤치다꺼리는 하지 않아도 되니까, 부장님도 똑같이 좀 쉬시다 올 수 있으니 말입니다. 저의 충정을 깊이 알아주시어 심사숙고해 주시면 감사하겠습니다. 제 생각으로는 부장님에게 딱 안성맞춤일 것 같습니다. 캬캬캬. 비용도 비교적 저렴하고 말입니다."

여 과장은 본래 너스레가 좀 있으나, 늘 독특한 생각을 많이 하는 사람인 것을 모두가 인정하는 분위기였다. 특히 여 과장 말대로 고 부장은 매년 워크숍 일정 내내 프로그램을 준비하고, 임직원들을 쫓아다니기에 바빴다. 직원들에겐 단합대회 또는 워크숍이란 이름으로 좀 쉬는 시간이라면, 고 부장에겐 일정 내내 바쁘고 정신없는 시간인 것도 사실이었다. 그래서 여 과장의 의견이 고 부장에게도 나쁘지 않은 제안이기도 했다.

"제가 볼 때, 부장님은 늘 회사 일에 쫓기는 전형적인 '타임푸어'이셔서, 가장 휴식이 필요한 사람은 부장님이에요. 템플스테이하면서 부장님도 잃어버린 에너지를 충전하는 시간을 좀 가지시죠? 절에서 하룻밤 머물고, 산사의 오솔길을 걷다 보면 맑은 공기에 생각도 정리되고, 좋은 기운을 충전하는 시간이 될 겁니다. 교회 다니는 사람들이나 외국인들도 매우 만족하는 프로그램이고, 요즘은 학생과 직장인을 위한 힐링 프로그램으로 운영하는 곳도 많습니다. 명령만 내려주시면 제가 좀 알아보겠습니다. 운영 프로그램이 잘 짜여 있어, 참석해 안내에 따르기만 하면 충분합니다. 절이니 술도 안 먹고 딱이죠. 캬캬캬."

술을 좋아하는 여 과장의 제안으로는 의외였다. 고 부장은 잠시 고민하는가 싶더니, 여 과장이 던진 제안에 솔깃해하는 모습이었다. 워라밸을 추구하는 사회적 분위기에 전 직원이 함께할 수 있다는 점, 술을 마시지 않는다는 점, 다른 기업들도 코로나 이후 사원들의 심신 안정을 위해 활용하고 있다는 정보도 나쁘지 않았다. '종교적으로 거리감이 있는 직원들은 다른 체험이나 주변 여행지를 돌아볼 수 있도록 하면 괜찮지 않을까?'란 생각이 스쳤다.

 "교회 다니는 직원들은 절을 안 해도 된다니까요."

 여 과장이 마지막 카드를 던지자, 고 부장이 고개를 끄덕였다. 신호가 떨어지기가 무섭게, 여 과장은 그 즉시 인터넷을 검색해 전국의 사찰을 다 뒤지고 자료를 모아서 사원들의 의견을 종합하여 리스트를 취합하며, 발 빠르게 움직였다.

 "봄이니까 꽃이 좀 흐드러지게 핀 곳이 좋겠지요. 꽃구경도 좀 하고 말이죠. 아래쪽 하동 쌍계사나 순천의 송광사로 잡아볼까나. 기대들 하십시오."

 사실, 여 과장은 영업 능력뿐만 아니라 사람들과의 소통, 회사 안팎으로 네트워크 방면에 탁월한 재능을 지닌 선배였다. 하수는 늘 영업팀의 에이스 노릇을 하는 여 과장의 회사생활과 행동 양식이 늘 궁금했고, 내심 부럽기도 하였다. 그는 늘 미소를 띠고 다녔고, 여유만만했으며, 회사생활뿐 아니라 회사 밖의 생활에서도 자신이 마음먹은 대로 이루어 가는 성격이었다. 그렇게 워크숍은 여 과장의 바람대로 사찰에서 하룻밤을 묵는 템플스테이로 진행되었다. 하수는 군대에서 제대하고 여행하는 중에 강원도 양양에 있는 낙산사에서 하룻밤을 묵은 적이 있었다. 그래서인지 사찰에서 하룻밤을 보내는 워크숍이 내심 기다려지기도 하였다.

"어매, 섬진강 벚꽃길이 그렇게 이쁘다고 하더니만, 우리가 멋쟁이 여 과장 땜시 꽃구경을 다 허것 고만. 참말로 신나부러서 잠이 안오더랑께. 역시 여 과장이 아이디어맨이 확실하당께. 누가 감히 이런 생각을 하겠어. 호호."

때는 4월 중순이니 봄꽃들이 만발하는 시기였다. 공장 직원들도 일부 당직 직원만 빼놓고 모두가 들떠있긴 마찬가지였다. 하수는 고향 통영과 가까운 곳이어서 내심 더 기대가 부풀어 올랐다. 공장의 생산직 여사님들은 봄꽃 구경에 마냥 기분이 들떠, 며칠 전부터 준비하느라 바빴다고 했다.

"이야~ 우리 여사님들 완전히 바람난 처녀들처럼 아주 연지곤지 다 찍고 오셨어. 하하하. 아이고, 2반 반장님은 시집가도 되시겠어. 하하하."

출발하는 날, 평상시 작업복만 입고 현장에서 일하던 생산직 여사님들이 꽃단장하고 알록달록한 옷을 입고 나선 것이 봄나들이 분위기를 한껏 풍겼다. 공장장은 특유의 호탕한 웃음으로, 사장님과 고 부장도 일일이 아주머니들의 손을 잡고 반기었다.

"사장님, 여 과장이 신통방통한 일을 또 저질렀구먼요. 요런 일은 참말로 첨이네요. 호호호."

회사 창립 초기부터 근속 중인 1반의 최고령 여사님이 사장님의 손을 잡고 설렘을 감추지 못했다. 그렇게 직원들의 설렘을 한가득 실은 버스는 하동으로 길을 잡았다. 하동 쌍계사에서 하룻밤을 묵고, 오가는 길에 꽃구경도 하는 일정이었다. 여 과장이 주도한 새로운 워크숍은 직원들에게 신선하고 즐거운 추억을 선물하며 성공적으로 마무리가 되었다. 워크숍을 다녀온 이후로도 한동안 현장에서는 여 과장의 유별남에 대한 칭찬과 벌써부터 내년 워크숍을 기대하는 말들이 오갔었다.

골의 결정력은 사람이 좌우한다

1년 가까이 하수가 지켜본 여 과장은 늘 한발 앞서서 영업 현장으로 달려가 가장 먼저 성과를 내는 사람이었다. 그리고 무엇보다 놀라운 것은 그의 박학다식한 지식과 다방면에 능통한 정보력이었다. 공장장이 강속구를 던지는 사람이라면, 여유만 과장은 변화구를 던지는 사람이었다. 공장장이 빠른 볼과 직구로 대결하는 강속구 투수와 같다면, 여 과장은 제구력이 뛰어난 투수였다. 그는 강속구는 아니었지만, 특유의 유연성과 여유만만한 배짱을 무기로 변화구를 섞어 던지며 어려운 상황을 막아내는 구원투수였다. 공장장의 강속구가 먹히지 않을 때는 여 과장이 구원투수로 나섰다. 다소 불안한 면도 있었지만, 여 과장을 이끄는 안정적인 포수 고 부장이 있었고, 장타력을 지닌 4번 타자 공장장도 여 과장의 든든한 버팀목이었다. 그래서 그의 변화구는 자신감 있게 많은 회전이 걸리면서 공 끝이 살아있었다.

"나의 포지션은 뭐라고 할까? 나는 사장님의 표현대로 야구에 빗대자면 유격수라고 할 수 있지. 유격수는 전후방의 그라운드를 한눈에 볼 수 있는 시야를 갖춰야 하지. 그래야만 적시에 정확한 포지션을 잡고, 또 확실한 수비를 할 수 있지. 그러려면 흐름을 읽는 눈을 가져야 한다는 것이 나의 지론이야."

하수도 여 과장의 말에 공감했다. 여 과장은 그의 말대로 다양하고 폭넓은 관점을 지닌 사람이자, 회사 내에서 가장 신뢰할 수 있는 정보통이었다. 그 때문에 하수는 물론 회사의 직원들도 회사 안팎에 뭔가 이슈가 있으면 그를 제일 먼저 찾았다. 그럴만한 것이 그는 평상시 틈만 나면 책을 읽고, 요즘은 잘 읽지 않는 종이신문과 잡지 등을 늘 손에 들고 다녔다. 나름의 방법으로 다양한 분야의 정보를 다량으로 수집하고 있었던 것이었다.

영업팀에서 수습 기간을 보내고 있을 당시, 하수는 여 과장과 같이 지방의 거래처로 외근하게 되었다. 지방 소도시의 거래처들을 둘러보고, 백화점과 작은 소규모 매장까지 둘러보는 일정이어서, 직접 운전하며 2박 3일 동안을 함께 돌아보는 여정이었다. 당시 옆에서 하수가 느낀 여 과장은 오랜 기간 영업 분야에서 일해온 경험을 통해 고객관리, 인맥 관리, 소통과 협상 등 인간관계에 관해선 탁월한 자질과 노하우를 지닌 사람이라 생각했었다.

목요일 퇴근 후 신입사원들과 여 과장은 여 과장이 예약한 근사한 횟집에서 음식과 더불어 이런저런 근황 토크를 나누며 화기애애한 시간을 보내고 있었다. 분위기가 무르익을 무렵, 동기 정욱이는 직장생활에서 중요하게 생각하는 첫 번째가 무엇이냐고 여과장에게 물었다. 하수와 동기 세빈이도 자못 궁금했던 점이라 눈과 귀가 여 과장을 향했다.

"갑자기? 캬캬캬. 내 생각에는 말이야. 직장인이란 자기가 현재하는 일에 대한 행복도와 성취감이 가장 중요하다고 생각해. 즉, 나는 누구나 자기 자신이 행복할 때나 좋아하는 일을 할 때 자연스럽게 위대한 성과가 나온다고 믿거든. 무작정 성과만을 위해 열심히 일하는 것보다는 자신의 미래를 위해 즐겁게 일하는 것이 무엇보다 중요하다는 거지. 그게 바로 내가 생각하는 행복한 직장인이자, 직장생활이야. 그래서 나는 자기 계발도 회사의 업무 차원으로 하는 것도 중요하지만, 그 이상으로 자기 자신을 위한 것도 필요하다고 생각해."

여 과장은 다양하고도 해박한 지식을 바탕으로 현장 경험과 에피소드를 섞어가며 말을 이었는데, 특유의 논리 구조로 이야기를 재미있게 풀어갔다.

"내가 고대로 부장님과 입사 동기라는 건 알고 있지? 물론 나이로는 동생벌이긴 하지만. 캬캬. 아무튼 고대로 부장님은 직장인의 정석대로 열심히 일하며 승진하는 타입이고, 나는 나대로 최선을 다하면서 행복하게 직장생활을 하는 사람이라고 말하면 이해가 될까? 나는 남보다 빨리 승진하고 최고경영자에 이르는 것만이 행복으로 이르는 길이라고 생각하지는 않아."

여 과장은 회사의 결정대로 피동적으로 끌려다니는 직장인보다 자신의 꿈과 행복한 삶을 위해 능동적으로 생활하는 것이 중요하다고 강조했다. 어떻게 하면 더 능동적인 삶, 더 즐겁게 직장생활을 할 수 있느냐가 그의 가장 큰 관심사였다. 그만큼 유연한 생각을 가진 여유만만한 사람이었다.

또한, 여 과장은 직장생활의 주체가 기업이나 고용주가 아닌, 바로 '나 자신'이 되어야 한다고 덧붙였다. 자신이 주체가 될 때, 직장생활은 진정한 의미와 도전 의식, 성취감을 가져다줄 수 있다는 것이었다.

나만의 골인 법칙

그러면서 여 과장은 회사생활뿐만 아니라 모든 사회생활에서 가장 중요하게 생각하는 것이 '사람'이라고 말했다. 그는 모든 것의 중심에 사람을 두고 생각하면 대부분의 핵심에 접근할 수 있다고 하였다.

"직장인의 가장 큰 힘이자 재산이 뭐냐고 묻는다면, 나는 바로 사람이라고 생각해. 그게 우리 회사 사훈인 '골인 이루기'의 핵심이기도 하고 말이야. 여기서 골인은 골을 이루는 배경이 되는 인간관계나 네트워크를 의미하지."

즉, 여 과장이 말하는 골인은 자기관리 및 인맥 관리, 시간 관리, 위기관리 등을 포괄하고 있었다. 여 과장은 결국 모든 기업을 움직이게 하는 것은 사람이기 때문에, 언제나 사람을 살피고, 사람 속에서 문제점을 찾아야 해결책도 찾을 수 있다고 강조하였다.

그래서인지 평소 여 과장의 눈에 띄는 특징 중 하나가 바로 그만의 소통방식이었다. 그는 회사 내에서 크고 작은 문제를 풀어나갈 때면, 늘 사람이란 단어를 많이 사용했다. 결국, 사람을 중심에 두고 사람이 만족할 수 있는 실질적이고 현실적인 방법을 찾아내는 것이 여 과장만의 강점인 셈이었다.

또한, 여 과장은 회사 안팎의 다양한 사람들과의 교류와 소통, 네트워크 활동도 중요하다고 강조하였다. 이를 위해 여 과장은 사내외의 모임에 적극적으로 참여하고, 온라인 커뮤니티도 적극적으로 활용하고 있다고 했다. 이러한 인적 교류는 자칫 우물 안에 갇힐 수 있는 직장인들에게 꼭 필요하다는 것이었다.

사실, 누가 봐도 여 과장은 우리 회사에서 소통의 최고 달인이었다. 하수가 생각해도 여 과장은 정말 말을 잘하는 사람이었다. 누구라도 그와 이야기를 나누다 보면, 그의 매력에 흠뻑 빠지게 되는데. 하수 역시 그와 이야기를 나누다 보면, '정말 말로 천 냥 빚을 갚는 사람이 있겠다.'라고 생각하곤 했다. 언젠가 여 과장은 말이 가진 놀라운 능력에 관해 이야기한 적이 있는데, 마치 말이 지닌 놀라운 힘의 신봉자 같았다. 그래서인지 하수는 여 과장의 말 한마디 한마디에는 빛이 난다고 생각했다.

"힘들고 어려운 상황을 피하려고만 하지 말고, 그 상황의 핵심인 사람들 입장에 서서 해석하려고 해봐. 처음엔 어렵겠지만 실제로 그 사람들 처지에서 생각하다 보면, 그 사람들이 원하는 말이 무엇인지 그려질 거야. 그들이 원하는 언어로 다가가면 대치하던 감정들이 조금씩 누그러지는데, 참 신기하기까지 하다니까. 그러기 위해서는 상대방의 말을 경청하는 게 가장 중요해. 결국엔 나에게도 유리하고 말이야. 귀 기울여 듣다 보면 말속에 감정이 보이니 그 감정을 최대한 어루만져 주면 의외로 쉽게 문제가 풀리더라구. 앗, 이건 영업 비밀인데. 캬캬캬."

여 과장의 생활방식과 사고방식을 관통하는 모든 것은 바로 사람 중심의 연결방식이었다. 여 과장은 남녀노소, 직급이나 나이의 고하와 관계없이 친절로 상대를 대했다. 칭찬은 물론 자기 잘못이나 실수를 깔끔하게 인정하는 태도도 갖추고 있었다. 다른 사람의 감정을 배려하는 남다른 감각이 있어서 언제나 상대편의 관점에서 말을 하려고 노력했다. 마음에 창이 있다면, 그는 정말 커다란 창을 지닌 사람 같았다. 여 과장은 이를 '상대 지향적 언어'란 말로 표현했다.

"나의 주변 사람은 누가 있을까? 사람들은 모두 자기중심적으로 사고하므로, 자기를 빼면 모두가 '주변 사람'이지. 그렇다면 주변 사람들을 모두 내 편이라고 설정하는 것이 좋지 않을까? 또 우리가 살아가는 데 필요한 다양한 정보들은 어디에서 올까? 모두 주변 사람에게서 나온다는 거지."

여 과장에게 가장 크게 배울 점은 바로 소통을 통한 끊임없는 배움의 기술이었다. 그는 상사와 부하직원, 관리직과 현장 직원, 외부 협력업체 모두를 아우르는 통합적 소통력을 지니고 있었다. 즉, 많은 사람과의 관계 속에서 더 많은 것들을 배우며 자기 경쟁력으로 업그레이드해 나가고 있었다. 여 과장의 이러한 경쟁력은 중소기업 직장인의 생존 전략과도 맞아떨어지는 셈이다.

"나는 이론이 현실을 따라갈 수 없다는 말이 일리가 있다고 생각해. 내가 사람들과 폭넓은 관계를 맺어가는 이유도 같은 맥락이지. 사람들과 교류하다 보면, 하나의 현상이나 상황에 대해 현실적인 감각을 유지할 수 있고, 다양한 관점도 가질 수 있거든. 난 우리 같은 직장인이 우물 속 개구리로 전락하는 걸 면할 수 있는 가장 좋은 방법이라 생각해. 그러려면 사람들 속으로 들어가는 게 가장 효율적이라고 할 수 있지. 안 그래? 하지만 처음엔 나 역시 그 속에 들어가기가 쉽지 않더라구. 시행착오 끝에 찾아낸 게 바로 '배움의 자세'였지. 한번은 어느 모임에 가입해 처음으로 참석하려는데 막막하더라구. 나중엔 두렵기도 하고. 죽고 사는 걸 결정하는 모임도 아닌, 그냥 동호회 모임이었는데 말이야. 캬캬캬. 그런데 무심결에 '까짓것 뭐이든 하나라도 배우고 오자.'란 생각을 가졌더니 그렇게 편할 수가 없더라구."

하수는 그동안 왜 여 과장의 이미지가 그라운드의 흐름을 읽고 빠르게 대응하는 유격수와 맞아떨어진다고 느꼈는지 조금 이해가 되었다. 비결은 끊임없이 사람들 속으로 들어가 흐름을 읽고 배우고 있었기 때문이었다. 즉, 여 과장은 늘 새로운 사람과 새로운 배움으로 새로운 삶을 추구하는 자유인이면서 '미래형 인간'이었다.

"나는 배우려는 사람은 자기의 부족함을 인정할 수 있는 용기가 있는 사람이라 생각해. 물이 높은 데서 낮은 데로 흐르듯, 부족함을 채우려면 낮은 자세로 내가 먼저 다가가야 해. 억지로 채워줄 사람은 없으니까. 그래서 배우겠다는 마음만 있으면 직장이나 사회에서 요구하는 적극성, 기본예절 등은 자연스럽게 갖출 수밖에 없지. 내가 가장 좋아하는 단어 중에 '거듭남'이란 말이 있는데, 사람은 누구나 거듭나야 하며, 또 그러한 과정을 통해 비로소 자기다움, 나다워진다고 믿어. 그래야만 자신이 진정으로 원하는 골을 이룰 수 있을 테니 말이야. 골인의 시작은 배움이고, 중심은 사람이란 말이지."

평소 낯을 많이 가리는 타입이라 다른 사람들과 어울리는 자리를 기피했던 하수는 여 과장의 얘기 속에서 해결의 실마리를 찾은 것만 같았다. 하수는 술기운에도 기억에 새기려고 '골인의 시작은 배움이고, 중심은 사람'이라는 말을 계속 되뇄다. 여 과장은 마지막으로 자기를 하나의 브랜드로 여기라고 얘기했다.

"요즘 세상의 키워드는 연결과 융합이잖아? 저마다의 가치를 연결하면 새로운 세상이 보이고, 새로운 길이 열리는 세상 말이야. 지금 자신의 가치를 '현재의 브랜드'라면, 연결과 융합으로 만들어진 가치는 '미래의 브랜드'가 될 거로 생각해. 그러니까 여기 삼총사는 언제, 어디서든, 누구와 있든지 윈윈의 관계를 만들어 가면 좋겠다는 취중 진담이었어. 캬캬캬."

여 과장의 얘기가 끝나자 하수와 동기들은 진심으로 박수까지 보내며 감사의 술잔을 부딪쳤다. 그렇게 여 과장과 즐거운 마지막 수업은 마무리되었다. 집으로 돌아가는 하수의 발걸음에는 슬기로운 직장생활에 대한 비법을 전수받은 느낌. 그리고 회사에 3인방이 있어 든든한 느낌. 그리고 기분 좋은 술기운이 적당히 섞여 자신감이 묻어났다.

15

골든골을 향하여, 행진!

행진하는 삼총사의 꿈

여 과장을 마지막으로 3인방의 수업은 끝났고, 신입 삼총사는 각자의 필드에서 본격적인 업무가 이루어졌다. 여자 동기인 세빈이는 고대로 부장이 있는 총무팀에, 또 늘 씩씩하던 동기 정욱이는 조던 부장이 이끄는 생산팀에, 하수는 여유만 과장이 리더로 있는 영업팀에서 주전선수로의 생활을 시작했다.

발령장을 주던 날 사장님은 기대가 크다는 인사말을 하였다.

"여러분, 삼총사가 이제 3인방의 뒤를 이을 수 있는 차세대 인재들이 되어 주리라 믿네. 이제 본격적인 실전 기술을 열심히 몸으로 익히고 뛰는 시기가 되었네. 멋진 플레이를 기대해도 되겠지?"

그러면서 사장님은 가장 중요한 것은 자신의 신념에 따른 확고한 목표를 세우는 것이라고 다시금 강조했다.

"여러분이 무엇을 하고 싶은지를 알기만 한다면, 성공의 골을 이루는 것은 어렵지 않네. 대부분 사람은 분명한 목표, 즉 자신이 던져야 할 골과 골대를 찾지 못하고 헤매고 있다고 해도 틀린 말이 아닐걸세. 대개가 목표 없이 이리저리 헤매며 시간을 낭비하고 있지. 대기업, 중소기업, 공무원 등 현재의 위치가 중요한 것이 아니라 나의 골은 무엇인지, 나의 골은 어디에 있는지를 찾아보는 것이 중요하다는 말일세. 그 과정이 쉽지는 않겠지만, 절대 포기는 하지 말게. 방법은 찾으려고 하면 보이기 시작할 테니 말이야."

"다행스러운 것은 누구나 자신의 골을 하나씩은 갖고 있게 마련이니 주변을 잘 돌아보게나. 그들이 하나씩 가지고 있는 골은 무엇일지 말이야. 가까운 가족과 형제, 동료들부터 그들의 삶을 가까운 시선으로 바라보면, 그들이 가진 골이 무엇인지 엿볼 수 있을 걸세. 서두르지 말고 천천히 관심을 가지고 살펴보게."

사장님의 말대로 누구에게나 자신의 골이 있는 걸까? 하수는

그날 이후, 주변 사람들을 보면 저들의 골은 무엇일지 생각하는
일이 잦아졌다.

'사장님에게 골은 아마도 그 커다란 지구본이었을 테고, 아버지
의 골은 무엇이었을까? 큰 바다를 헤엄치는 커다란 고래였을까?
아니면 밤바다를 비추던 커다란 달이었을까? 그렇다면 자식들을
위해 희생하며 평생을 살아온 불쌍한 내 어머니에게도 골이 있긴
하셨을까?'

어릴 적 새벽일을 나가는 어머니를 따라 집을 나선 하수에게 앞
바다에 떠오르는 동그란 태양을 바라보며 어머니가 말했다.

"엄마한테는 우리 하수가 저 바다에 떠오르는 해다.
엄마 맘속에는 매일 네가 해처럼 뜬다아이가."

어머니에게 바다가 삶의 그라운드라면, 저기 떠오른 해는 어머
니의 소망과 기원, 한이 서린 커다란 골이었는지도 모른다.

그렇게 주변을 돌아보니 그동안 무심코 지나쳤던 주위 사람들
이 꿈꾸며 가장 소중히 여겼던 골이 하나씩 보이기 시작했다. 형
과 누나, 또 함께 배낭여행을 다녀왔던 친구 용원이의 골도 그려
지는 듯했다.

하수는 그렇게 한동안 자신의 주위 사람은 물론, 방송에 출연한 성공한 사람들, 하물며 출퇴근 길에 만나는 낯선 타인들에 이르기까지, 그들이 지닌 골은 무엇일까? 하는 질문을 계속 던졌다. 회사에 출근해서 현장을 둘러보거나, 행여 거래처를 방문할 때도 마찬가지였다.

골은 본래부터 있었다

만나는 사람마다 그들의 꿈을 엿보던 어느 날, 하수는 '지금처럼 찾아보려는 노력이 없었을 뿐. 골은 본래 누구에게나 있는 것일지도 모른다. 누구든 자신의 본질을 알아챈다면 저마다의 골이 보이지 않을까?'라는 생각이 들었다. 그래서 하수는 뜬구름이 될지 모르지만, 자신의 본질을 찾아보기로 마음먹었다.

지난번 사장님이 지구본을 가리키며 했던 말이 떠올랐다.

"나를 선명히 바라보기가 쉽지는 않지만, 가만히 질문을 던지고 답을 찾는 골몰의 시간을 갖다 보면, 분명해지는 나만의 '골'을 찾을 수 있을걸세."

하수는 천천히 그리고 진지하게 자신에게 질문을 던졌다. '나의 골은 무엇인가? 누구나 골이 있다면, 나만의 골도 있을 것이다. 사장님의 말대로 나의 골을 발견해 보자.' 설사 시간이 걸린다고 해도 그것은 매우 가치 있는 시간이 될 것이라는 확신이 들었다. 그렇게 마음을 먹은 하수는 자신의 골을 찾기 위한 골몰을 시작했다.

하수는 퇴근 후 책상에 앉아 거울 앞에 자신과 마주하듯, 자신을 향해 질문을 던졌다. '나는 누구인가? 나의 꿈은 무엇인가? 나의 포지션은 어디인가? 내가 소중히 여기는 것들은 무엇인가? 내가 원하는 것은 무엇인가?' 하지만 질문이 늘어날수록 오히려 머리가 엉켜만 가는 것 같았다. 단 하나의 질문에도 시원시원한 해답은 그려지지 않고 희미한 선들만 어지럽게 늘어났다.

이제껏 한 번도 자신에게 이런 질문을 진지하게 해본 적이 없었기 때문이다. 하수는 지금껏 꿈이란 현실과는 동떨어진 먼 미래의 것이라 막연히 여겨왔다. 하지만 골몰을 시작해보니 중소기업, 흙수저, 평범함 등 하수를 둘러싸고 있는 현실이 오히려 꿈의 발견을 억누르고 있다는 것을 눈치챘다. 그래서 하수는 현실의 모든 제약을 무시하고 '꿈' 하면 떠오르는 것을 무작정 나열해 보기로 했다.

하수는 노트를 펼쳐 제일 위쪽에 '박하수의 Dream List'라는 제목을 크게 적었다. 어쩌면 크고 작은 꿈을 무작위로 적다 보면, 그중엔 자신의 퍼스트 골도 있을 것 같은 자신감이 밀려왔다. 과거와 현재, 미래를 넘나들며 꿈의 크기와 조건, 기간과 비용, 실현 가능성 등 모든 제약조건을 내려놓고 무작정 생각나는 대로 적어보기로 했다. 그러자 처음과는 달리 펜이 속도를 내며 꿈을 토해내기 시작했다.

'누구는 똥 볼을 잘 차고, 누구는 드리블이 좋고, 또 누군가는 헤딩슛이 일품이듯, 각각 자신이 잘하는 분야가 있으니까. 나의 숨겨진 꿈들을 찾다 보면, 나만의 퍼스트 골도 자연스럽게 찾을 수 있을 거야. 나의 과거의 꿈, 현재의 꿈, 미래의 꿈은 무엇인가? 직장에서 이루고 싶은 꿈은 무엇인가? 경제적인 꿈은 무엇인가? 나는 어떤 사람이 되고 싶은가?' 그렇게 묻고, 답하며 옮겨 적는 과정을 며칠 동안 이어갔다. 첫날에는 무의미한 시간처럼 느껴지기도 했지만, 노트에 크고 작은 꿈으로 채워져 갈수록 재미와 뿌듯함도 채워지기 시작했다.

그렇게 드림 리스트를 차곡차곡 채워가던 어느 날, 하수는 '골을 찾는 과정이 마치 보물찾기와 같다'라는 생각이 들었다.

'어쩌면 골을 찾는다는 것은 無에서 有로 만드는 창조나 발명이 아니라, 본래 내 안에 그리고 내 주변에 숨어있던 것들을 발견하

는 것이 아닐까? 골은 언제나 그대로 그 자리에 있지만, 발견해야
만 비로소 생명을 얻을 수 있다. 어쩌면 지금껏 선명한 골이 없었
던 것은 골이 스스로 다가오기를 기다렸기 때문은 아닐까? 그렇
다면 지금처럼 직접 찾아 나서면 퍼스트 골도 발견할 수 있지 않
을까?' 이렇게 골에 집중해 하루하루를 지내다 보니, 언젠가부터
는 골똘해 있는 것이 습관처럼 몸에 익숙해졌다.

꿈의 궤도를 그리다

하수는 새로운 보물을 찾아 노트에 옮길 때마다 그동안 찾은 보
물들을 확인해야만 했다. 중복을 피하자는 생각이었지만, 확인이
거듭되다 보니 보물들이 크게 과거, 현재, 미래의 꿈으로 구분된
다는 것을 발견을 할 수 있었다. 과거 항목은 본래의 나를 돌아보
는 것들로, 현재 항목은 중소기업 직장인인 지금의 삶과 일상을
둘러보는 것들로, 미래 항목은 앞을 내다볼 수 있는 희망으로 하
나씩 채워지고 있었던 것이었다.

하수는 자신의 현재를 바탕으로 과거의 자신과 미래의 자신에
게 때론 넓고, 때론 깊은 질문을 던지며 그때마다 떠오르는 꿈과
목표를 하나씩 늘려갔다. 그렇게 여백을 채우며 생각하고, 생각하
며 채우기를 해나가자, 시작할 때 막막했던 해무가 점점 옅어지는

느낌이었다. 그제야 하수는 사장님이 당부했던 '포기하지 않으면 보인다.'라는 말의 의미를 조금은 이해할 것 같았다.

며칠간 퇴근 후 피곤을 무릅쓰고 골몰한 결과, 어림잡아도 100개가 넘는 꿈들로 노트는 빽빽하게 채워졌다. 노트를 뜯어 책상 정면에 붙인 하수는 한동안 드림 리스트에서 눈을 뗄 수가 없었다. 이렇게 많은 꿈을 찾아낸 뿌듯함과 성취감 그리고 자신에게 이렇게 많은 꿈이 있었냐는 의아함과 놀라움 때문이었다. 그렇게 한참을 바라보던 하수의 눈에 새롭게 들어오는 것이 있었다. 며칠 전까지 과거, 현재, 미래로만 구분되었던 꿈들이 인과관계로도 연결된다는 것을 발견한 것이다. 곧장 연필로 가장 눈에 띄는 꿈을 서로 연결하기 시작했다. 마치 미로찾기 게임을 하는 기분마저 들었다. 그렇게 미로찾기를 즐기는 동안 이번엔 과거부터 미래까지 관통하는 목표가 하나씩 보이기 시작했다. 하수는 연속된 새로운 발견에 흥분하여 마음이 다급해졌다.

어떤 기준이냐에 따라 다양한 영역으로 꿈들을 구분할 수 있다는 걸 깨닫자, 또 다른 영역으로 구분할 기준이 없을지 검색도 해보고 책장을 뒤지기 시작했다. 어질러져 가는 책장에서 취업 준비에 지쳐있을 때 참석했던 비전 세미나 책자가 눈에 들어왔다. 페이지를 스르륵 넘기는데 목표를 육체적, 정신적, 사회적, 가정적, 경제적으로 구분해놓은 페이지가 눈에 선명하게 들어왔다. 그러자 100여 가지의 꿈들이 자석에 끌려가듯 해당하는 영역으로 알아서 척척 찾아 들어가는 착각이 들었다. 그동안 찾은 꿈들이 이 기준에 포함되는 것이 대부분이었기 때문이다.

하수는 행여나 꿈들이 흩어질까, 5가지 기준으로 꿈들을 빠르게 분류해 저마다 어울리는 영역에 자리를 잡아주었다. 분류가 마무리되자 각각의 영역 안에 크기와 밝기가 저마다 다른 꿈들이 마치 커다란 해와 달을 중심으로 작은 별들이 반짝이는 것 같았다. 어떤 것은 매일 아침 떠오르는 '해', 또 어떤 것은 아버지의 꿈만 같은 '달', 또 어떤 것은 밤하늘을 밝히는 무수한 '별' 같기도 했다. 비록 영역과 시간대, 크기와 밝기, 빛의 세기도 다르지만, 모두 하수가 하늘로 쏘아 올릴 소중한 꿈이었다.

하수는 영역별로 크기와 밝기를 기준으로 해, 달, 별로 무리를 나누었다. 가장 크고 밝은 꿈은 '해의 꿈', 다음으로 크고 밝은 꿈은 '달의 꿈' 나머지 꿈들은 '별의 꿈'이라 명명하고 의미도 부여했다. 해의 꿈은 '매일 나를 밝히는 영원한 빛, 즉 꼭 이루고 싶은 삶의 목표'라 정의하였다. 또 달의 꿈은 '해와 함께 어두운 밤에도 나를 비추는 빛으로 삶의 목표인 해의 꿈으로 지쳐있을 때 큰 버팀목이 되어줄 특별한 목표'라고 의미를 부여하였다. 마지막 '별의 꿈'은 '작지만, 늘 살아있음을 느낄 수 있는 소중한 희망의 꿈'이라고 의미를 입혔다. 하수는 마치 하늘의 궤도를 그리는 천문학자 같았다.

처음에 두서없다고 여겼던 꿈들을 5개 영역으로 꿈의 궤적을 그리는 작업을 마치니 목표에 대한 관심도 높아졌다. 틈틈이 관심거리에 대한 자료도 검색하고 관련된 서적도 읽기 시작했다. 정보가 쌓일수록 꿈에 점점 가까워지는 것을 느낄 수 있었다. 반면에 새로운 고민거리도 생겼다. 하나의 꿈은 스스로 빛을 내는가 하면 다른 영역까지 비추기도 했고, 다른 꿈과 함께 할 때 더 밝은 빛을 낸다는 것도 알았기 때문이다. 즉 다차원 방정식처럼 얽혀 있는 꿈 중에 무엇부터 쏘아 올려야 할지 난감했다.

저 높은 공중의
해와 달, 별 중에
내가 쏘아 올릴 골은
어디에 있는 것인가?
저 많은 별 중에 나의 첫 번째 꿈인
나의 퍼스트 골이 있다는 말인가?

퍼스트 골을 찾다

하수는 자신이 찾은 꿈들을 5개 영역으로 선명하게 나눠도 그

속은 복잡하다는 걸 알았다. 각각의 영역 안에 들어 있는 해의 꿈 5개를 동시에 쏘아 올려야 한다고 생각하니 부담감도 만만치 않았다. 또한, 어떤 영역은 해의 꿈보다 달의 꿈이나 별의 꿈에 더 마음이 끌리기도 했다. 고민을 거듭하던 하수는 사람들이 꿈을 향한 행진을 포기하는 이유를 이해할 것 같았다. 그리고 다차원 방정식을 풀어낼 실마리를 찾기 시작했다.

'왜 사람들은 꿈을 포기하며 살까? 너무 큰 꿈만 이루려는 집착 때문에 중도 포기하는 건 아닐까? 아니면 한꺼번에 많은 꿈을 이루려는 과욕이 빨리 지치게 하는 것은 아닐까? 하지만, 결국엔 큰 꿈도 작은 꿈들이 모여 이루는 것 아닌가? 그렇다면 작은 목표들을 유기적으로 연결해 하나씩 이뤄간다면 큰 꿈은 저절로 이루어지지 않을까?'

하수는 고민 끝에 욕심과 집착을 내려놓고 하나씩 차근차근 이루어 가는 것이 가장 이상적일 것이라는 확신이 들었다. 그리고 첫 번째로 쏘아 올릴 꿈을 찾기 위해 꿈들의 우선순위를 매겨보기로 했다.

하수는 영역별로 해, 달, 별을 구분하지 않고 우선순위를 정하기 시작했다. 각각의 꿈들을 비교하는 방법은 고 부장의 업무 노트에 들어있던 쌍 비교법을 활용했다. 두 가지씩 비교우위를 가리는 간편하면서도 효과적인 방법이었다. 우선순위를 정하는 일은 복잡하게 얽혀 있던 실타래를 푸는 것처럼 마음이 후련해지는 느낌이었다. 또한, 우위를 가리기 힘든 꿈들의 우선순위를 정해야 할 때는 그동안 눈치채지 못했던 자신의 가치와 신념이 어디로 기울어져 있는지도 알 수 있었다.

눈에 보이지 않는다고 해서
구름에 가려져 있다고 해서
해와 달과 별의 꿈이 사라진 것은 아니다.
저 구름 뒤편에는
해와 달과 별들이 항상 반짝이고 있다.

꿈의 우선순위가 마무리되자 하수의 얼굴에 천진난만한 미소가 번졌다. 마치 시골집 처마에 줄지어 매달려있는 곶감처럼 때를 기다리며 하나씩 빼먹으면 될 것 같다는 생각이 순간 떠올랐기 때문이다. 각각의 영역에 1위를 차지한 꿈들은 크기와 밝기 순서에 얽매이지 않고 해와 달과 별의 꿈이 고루 올랐다. 이렇게 우선순위를 정하는 작업이 끝나자, 마치 하늘 높이 먹구름에 가려 보일 듯 말 듯 하던 꿈들이 줄지어 구름을 박차고 나오는 것만 같은 착각이 들었다.

하지만 하수는 여기서 멈출 수 없었다. 영역별 1위에 오른 5가지의 꿈들도 동시에 추진하기에는 욕심이란 생각이 들었다. 좀 더 구체적으로 접근하기 위해 우선순위 1위에 오른 5개 꿈으로만 다시 우선순위를 매겼다. 그러자 하수의 심장이 쿵쾅거리기 시작했다. 눈앞에 그토록 찾아 헤매던 퍼스트 골이 선명한 빛을 내며 떠올랐기 때문이다. 퍼스트 골을 캐낸 것만으로도 하수는 골든골을 때린 듯 흥분을 감출 수 없었다. 퍼스트 골이 보이자, 서열정리가 된 듯 퍼스트 골 아래로 연결된 꿈들이 줄을 서기 시작했다. 이제 하수는 무엇부터 시작해야 할지, 다음, 또 그다음은 어떤 골을 때려야 할지 방향이 또렷하게 보였다.

골 때리는 습관

하수는 적어도 자신이 가야 할 길을 알았기에, 이제는 아무 생각 없이 막연하게 하루를 보내는 일은 없으리라 확신했다. 하수는 매일 뜨는 태양처럼, 퍼스트 골부터 매일 조금씩 하늘 높이 쏘아 올릴 수 있는 구체적인 실행계획을 짜기 시작했다. 우선 고 부장의 말대로, 퍼스트 골을 이루기 위해 해야 할 일들을 세분화해 보기로 했다.

실행계획을 만들면서 하수는 이 과정도 만만한 게 아니라는 것을 알았다. 너무 구체적으로 나열하니 할 일이 많아 부담스러웠

고, 통합하고 압축하려니 추상적인 할 일로 변해버리는 것이었다. 거듭된 시행착오 끝에 하수가 세운 실행기준은 '13100'으로 결론을 내렸다. 즉, 하루에 해야 할 일을 모두 완료하는데 하루에 '1시간'을 초과하지 않아야 한다. 하나의 목표를 위해 할 일은 '3가지' 이내로 정한다. 최소 '100일' 동안은 반드시 실행한다.'이었다.

"모든 것은 습관이 우선입니다. 사장님의 지구본처럼 자신의 꿈을 매일 매일 확인하고, 다짐하는 시간도 필요하죠. 직장생활에 쫓긴다고, 시간이 없다고 하는 것은 모두 핑계일 뿐입니다. 매일 아침 오늘의 내가 오늘 쏘아 올릴 꿈이 무엇인지를 확인하는 것이 꿈을 때리기 위한 습관의 시작입니다."

꿈은 휘발성이 강하다.
매일 확인하는 습관을
애인으로 만들어라.

하수는 고 부장이 예전에 했던 말처럼 자신이 찾은 꿈을 하늘로 쏘아 올려 꿈을 이루기 위해서는 매일 같이 떠오르는 태양처럼 하루도 빠짐없이 자신의 목표를 확인하는 습관을 만드는 것이 필요하다고 생각했다.

'보여야 하고 하면 이루어진다. 이루려면 해야 하고 하려면 보

여야 한다.'

하수는 엑셀을 열어 '박하수의 Challenge 100'이란 제목으로 일종의 100일간의 스코어보드판을 만들었다. 퍼스트 꿈을 위해 매일 해야 할 일 3가지를 가로로 각각 두고, 아래에 매일 할 일의 실행 여부를 O, X로 단순하게 표시할 요량이었다. 그리고 하수는 고 부장의 조언에 따라 지금까지 공들여 만든 인생의 로드맵이자, 꿈의 지도인 5개 영역의 꿈을 정리해 책상, 거울, 화장실 등 눈길이 자주 가는 곳에 붙여두었다. 또 휴대폰과 지갑에도 작은 사이즈로 넣어두었다. 그리고 매일 기록해야 하는 'Challenge 100'은 현관문에 붙여 오늘의 할 일을 확인하는 것을 습관화하기로 결심했다. 그리고 골든골을 향한 기본원칙을 정하는 것을 끝으로 일주일에 걸친 이름하여 '박하수의 Golden Goal Project'는 마무리되었다.

골든골을 꿈꾸는 사람들

퍼스트 골을 하늘에 쏘아 올리기 위해 매일매일 조금씩 작은 골을 때리는 재미가 익숙해지자, 하수는 점점 자기 스스로 이루고자 하는 골든골에 대해서도 골몰하기 시작했다. 사장님은 자신의 골든골을 찾기 위해선 퍼스트 골을 찾아야 한다고 했지만, 하수는 아직 자신의 골든골이 무엇인지 종잡을 수가 없었다. 그렇다고 해서 나만의 골든골을 찾는 골몰하기를 멈추면 영영 찾지 못할 것 같았다. 그래서 나와 마주할 수 있는 시간만큼은 꾸준히 확보해 나갔다.

하수는 사장님처럼 자신과 마주할 수 있는 시간을 아침으로 정했다. 기상 시간을 당겨 출근 전 간단히 조깅과 명상을 번갈아 하고 있다. 하지만 여전히 골든골은 발견하질 못하고 있다. 대신 고 부장의 말대로 골든골을 이루기 위한 골격 갖추기에 보다 열심이다. 하수는 중소기업 직장인으로서 갖춰야 할 골격이 앞으로 살아갈 인생이나 골든골을 위한 골격과 크게 다르지 않다고 생각했다. 이 또한 욕심을 내려놓고 세 가지를 우선적으로 갖춰야 할 골격으로 정했다. 첫 번째는 현재 회사에서 바카스라 불리는 자신의 별명을 충분한 기회로 보고 평생을 좌우할 '긍정적 태도'를 목표로 삼았다. 두 번째는 여 과장의 수업 중 가장 크게 와닿았던 언제, 어디서, 누구와 무엇을 하든 '배우려는 자세'로 정했다. 그리고 마지막은 하수가 새로운 도전이나, 사람을 만날 때 나타나는 망설임과 두려움을 극복하기 위해 필요한 골격이었다. '노골이면, 어떤가? 무조건 똥 볼이라도 때려야 한다.'라던 공장장의 얘기를 참고해 '적극적인 태도'를 세 번째 골격으로 정하고 매일 아침 되새기며 회사에서도 부단히 노력하는 중이다.

유쾌, 상쾌, 통쾌한 직장인이 되자!

하나라도 배우자!

무조건 해보자!

이러한 골격에 근육이 붙은 탓인지 최근에는 머릿속에 생각만 하고 차일피일 미뤄 왔던 일을, 주말을 맞아 실행에 옮기기로 마음먹었다. 다름 아닌 그동안 골든골을 향한 꿈의 로드맵 작성 과정과 지금까지의 진행 내용을 정리하는 일이었다. 일종의 회고록이기도 했고, 언젠가 하수도 고 부장의 노트처럼 후배들에게 도움을 줄 수 있으리라는 기대감도 조금은 작용했다. 하수는 집 근처 한적한 카페에 앉아 꿈의 로드맵을 역추적하며 기억을 더듬기 시작했다.

첫 번째, 골몰하기

아직 퍼스트 골을 때리는 과정이지만 하수는 제목을 '골든골 로드맵'이라 적고, 큰 흐름은 회사의 사훈을 가져와 골몰하기, 골격 갖추기, 골 때리기, 골인하기 순서로 목차를 정했다.

맨 먼저 골몰은 '자신의 숨겨진 골을 발견하는 보물찾기'라고 정의했다. 골몰을 위해서는 오롯이 자신과 마주할 수 있는 혼자만의 시간이 필요했다. 그래서 사장님의 말처럼 퇴근 후 저녁 시간을 최대한 활용해 자신과 마주할 수 있는 시간을 확보했다. 그리고 자신에게 삶과 꿈에 대한 수많은 질문을 통해 과거부터 현재 그리고 미래의 꿈을 아무런 제약 없이 쏟아냈다. 포기하지 않으면 찾을 수 있다는 사장님 말뜻을 알 수 있었다.

그렇게 발견한 100여 가지의 꿈들을 들여다보며 다양한 기준으로 꿈을 나눌 수 있다는 것을 알았다. 그 기준 중 육체적, 정신적, 사회적, 가정적, 경제적 5가지의 기준을 적용해 꿈들을 영역별로 나누었다. 그리고 각 영역에 포함된 꿈들을 밝기와 크기로 해와 달과 별의 꿈이라 명명했다. 이제 실행만이 남았다고 생각했지만, 무엇부터 실행해야 할지가 고민이었다. 각 영역 안에 포함된 꿈들이 다차원 방정식처럼 얽혀 있었기 때문이다.

여기서 자칫 포기를 생각하기도 했지만 큰 꿈에 대한 집착과 많은 꿈에 대한 욕심이 장애물이란 걸 깨달았다. 그래서 각각의 영역에 있는 꿈의 우선순위를 정해 5개의 1순위 꿈을 찾아냈다. 크기와 밝기에 관계없이 해, 달, 별의 꿈이 골고루 선정되었다. 5개 모두 실행한다는 것 또한 과욕이라 생각해 1순위 5개의 꿈으로만 우선순위 토너먼트를 진행했다. 그 결과, 1위를 차지한 꿈인 나만의 퍼스트 골을 찾을 수 있었다.

다음으로 본격적인 퍼스트 골을 때리기 위해 실행에 옮길 구체적인 할 일을 계획했다. 할 일은 단순 명료하게 '13100'으로 정했다. 즉, 하루의 할 일은 1시간 이내 완료, 1개의 목표당 할 일은 3개 이내, 실행은 최소 100일이란 의미를 담았다.

골몰하기 과정을 통해 달성하고 싶은 목표나 꿈에 대해 생각을 반복하다 보면 행동과 잠재의식에 긍정적인 영향을 미친다는 것도 알 수 있었다. 또한, 꿈에 대한 로드맵은 내가 앞으로 어디로 향해야 하는지 비전을 제시하고, 현재의 포지션에 대한 통찰력도 가지게 해주었다. 그리고 목표를 달성하기 위해서는 작은 단위로 단순명료하게 계획을 세워야만 지치지 않고 지속할 수 있다는 것도 깨달았다.

박하수의 골몰하기 Tip.

골몰, 나만의 집중시간을 확보하라.
골몰, 질보다 양으로 꿈을 찾아라.
골몰, 우선순위로 퍼스트 골을 찾아라.
골몰, 할 일은 단순명료하게 세워라.

두 번째, 골격 갖추기

골몰하기 정리를 마친 하수는 커피 한 모금을 마신 뒤, 고 부장과 함께 한 인왕산 등반을 떠올리며 골격 갖추기를 정리해 나갔다. 골몰하기와 마찬가지로 골격에 대한 나름의 정의부터 시작하기로 했다.

골격은 '직장생활, 인생, 골든골을 위해 갖춰야 할 자세와 태도'로 정의했다. 사실 퍼스트 골을 찾으면 골든골도 금방 발견할 수 있으리라 안일하게 생각했다. 하지만 골든골은 여전히 발견하질 못하고 있다. 그러나 멈추는 순간 골든골은 더 꼭꼭 숨어버릴 것 같은 불안감에 꾸준히 골든골을 찾기 위한 골몰을 이어가고 있다. 대신 언젠가 찾을 골든골과 나의 인생 그리고 현재 직장생활에 필요한 골격을 갖추는 것에 비중을 두었다.

골격과 관련해선 회사의 고 부장을 빼놓을 수 없다. 그는 신입사원이 갖춰야 할 골격으로 태도와 자세를 늘 강조했다. 그리고 수습 시절 고 부장이 건네준 프린터물에는 고 부장이 말한 골격의 의미를 알아가기에 충분했다. 그 속에는 생활 습관, 시간 관리, 자기 계발, 수첩 활용법, 업무 시 주의사항 등 골격에 관한 광범위한 기록이 담겨 있었다.

그리고 조던 공장장이 강조했던 기본기와 실행도 골격과 연관이 있었다. 그리고 사람과 배움이 중요하다는 여 과장의 얘기도 골격과 맞닿아 있었다. 이들 3인방의 메시지를 참고하여 일터와 삶터를 아우르는 태도를 찾아 나만의 골격을 만들기로 했다. 그리고 먼저 갖춰가야 할 골격을 '긍정적 태도', '배움의 자세', '적극적 실행' 3가지로 정리했다.

긍정적인 태도는 직장생활뿐만 아니라 삶에서도 가장 기초가 되는 골격으로 회사에서 불리는 '바카스'라는 별명을 최대한 활용하기로 했다. 배움의 자세는 언제, 어디서, 누구와 무엇을 하든 하나라도 배우려 마음먹으면 겸손한 자세의 골격도 덤으로 만들 수 있을 것 같았다. 이 모든 것이 결국 생각에 그친다면 무용지물이기도 하거니와 개인적으로 가장 필요로 하는 것이 적극적 실행이었다.

하수는 그동안의 여러 기억을 떠올리며 태도는 타고나는 것이 아니라 만드는 것이라 결론지으며 골격을 마무리했다.

박하수의 골격 갖추기 Tip.

골격, 시작은 긍정.
골격, 과정은 실행.

골격, 결과는 배움.

골격, 태도는 만들어진다.

세 번째, 골 때리기

그다음은 공장장이 담당했던 '골 때리기'에 대한 정리에 들어
갔다. 골 때리기는 과거에 계획만 세우고 제대로 실천하지 못했
던 하수에게 냉철한 반성의 시간이 되었다. 내성적인 성격은 핑계
일 뿐 사실은 자신이 게으르고 자신감이 부족하다는 걸 스스로 인
정해야만 했기 때문이다. 하수는 생각만으로도 긴장이 되는지 커
피를 양껏 들이켜고 긴 숨을 내뿜은 후 골타의 정의부터 고민하기
시작했다.

'지금! 바로! 당장! 생각보다 먼저 움직이는 미친 실행력'을 골
타의 정의라고 썼다. 과거에도 하수는 내성적인 성격을 바꾸고자
마음을 먹었던 계기가 있었다. 대학 때 들은 TED 강연에서 용기
의 참뜻을 알고부터다. 사람이 가지는 두려움의 원인은 자신의 취
약점 때문이며, 이것이 드러나면 수치심을 느끼기 때문이라고 했
다. 하지만 자신의 취약점을 스스로 인정한다면 두려움은 그만큼
줄어든다는 것이었다. 그래서 자신의 취약점을 스스로 인정할 수
있는 힘이 바로 용기라는 내용이었다. 하지만 잠시뿐이었다.

하수는 골타에 대해 정리하기에 앞서 잠시 그때를 회상했다. 그리고 노트북에 공장장의 골 때리기 핵심을 정리해 나갔다. 공장장은 '생각보다 먼저 실행하고, 이것을 습관화해야 한다.'라는 것을 강조했다. 완벽한 계획을 세우는 동안 환경은 변하기 때문에, 무조건 부딪쳐보는 것이 우선이라는 말이었다. 그러려면 먼저 눈앞의 일부터 미루지 않고 즉시 처리해 나가는 것이 중요하다고 했다. 그래서 실행계획을 세울 때 욕심을 내려놓고 미루지 못할 '13100' 기준으로 매일 할 일을 세분화했다.

골 때리기 단계에서 빼놓을 수 없는 것 중 하나는 할 일을 매 순간 상기시키고, 확인하는 것이었다. 그래서 전체적인 골든골 로드맵을 집안 곳곳에 시선이 닿는 곳에 부착했다. 특히 매일 실행해야 할 'Challenge 100'은 현관문에 붙여 꾸준히 아침, 저녁으로 상기시키고 실행 여부를 표시함으로써 스스로 동기부여를 해나가고 있다. 공장장이 말했던 '만년 똥 볼은 없다. 똥 볼도 골 백번 중 하나는 들어가는 것이 세상의 이치'라는데 조금도 의심하지 않는다.

박하수의 골 때리기 Tip.

골타, 두려움의 인정이 용기다.
골타, 손발은 머리보다 빠르다.

골타, 보면 하고, 하면 된다.

골타, 만년 똥 볼은 없다.

네 번째, 골인 이루기

하수는 요즘 자신이 근무하는 영업팀의 리더인 여 과장으로부터 청소기 마냥 그의 노하우를 흡수하느라 바쁘다. 직접적인 배움도 있지만 어깨너머로 배우는 게 훨씬 많을뿐더러 깨달음의 재미까지 더해져 하수에겐 관심 대상 1호이다. 하수는 여 과장과 함께 현장을 다니며 영업 노하우를 배우는 것은 물론이고 다양한 사람들을 만나며 네트워크도 차곡차곡 쌓아가고 있다.

여 과장을 생각하며 하수는 '사람 중심의 배움'이라고 골인을 정의했다. 1년 남짓 지켜본 여 과장은 상상 이상의 폭넓은 대인관계를 맺고 있었다. 영업이란 게 사람에게 이리 치고 저리 치는 일이라 피할 법도 한데 그런 모습은 찾아볼 수 없었다. 오히려 다양한 사람들과의 교류를 더 활발히 가지려고 그가 앞장섰다. 그가 얘기한 '모든 일의 중심에 사람'이라는 확신이 없으면 불가능하겠다는 생각이 들었다. 여 과장을 떠올리면 가장 먼저 떠오르는 것이 '사람'인 이유이기도 했다.

여 과장을 연상시키는 두 번째 단어는 '배움'이었다. 매일 곁에서 지켜보는 여 과장의 일상은 사람과 대화하고 있든 아니면 뭐든 읽고 있든 둘 중 하나였다. 사람은 기본이고 책이나 신문을 비롯한 다양한 매체에서 쏟아져 나오는 정보를 모두 삼키려는 배움의 욕심꾸러기 같았다. 여 과장이 그렇게 수집한 정보는 그가 가진 경쟁력인 유연하고 예리한 관점을 지속하고 확장하는 연료였다. 사람들 속으로 들어가려면 배운다는 자세로 다가서라던 말을 여 과장은 몸소 보여주고 있었다.

그래서 여 과장을 거울삼아 가까운 주변과의 소통에 힘쓰고, 회사 밖의 네트워크와도 소통라인을 구축해 나가고 있다. 또 출퇴근 시간과 자투리 시간을 활용해 부지런히 책을 읽고 관심 정보를 수집하는 습관도 익히기 시작했다. 주말과 휴일의 시간은 과감하게 자기 계발을 위해 투자하고 있다.

박하수의 골인 이루기 Tip.

골인, 사람이 시작이자 끝이다.
골인, 노력 없는 성장은 없다.
골인, 하루에 한 가지는 배운다.

하수는 그렇게 골든골 로드맵을 되짚으며 나름대로 익히고 깨달은 점까지 하나씩 정리했다. 그러는 동안 사장님뿐 아니라, 고 부장, 조던 공장장, 여 과장 그리고 가족과 친구, 오래전 공사장에서 만났던 김 박사의 얼굴도 떠올랐다.

하수는 끝으로 골든골을 이루기 위한 자신만의 절대 법칙이자 슬로건을 정했다. 그 법칙은 'One Day! One Goal!'이었다. 하루에 1가지씩 1년에 365가지를 실천하다 보면, 골든골에 더 가까이 다가갈 수 있을 것이라는 확신이 들었기 때문이다. 또 매일 성취감을 맛볼 수 있어 일거양득이라는 생각이 들었다. 'One'은 하나의 배움, 한 사람과의 관계, 한 가지의 할 일을 아우르는 것이었다. 이것만큼 심플하고 강력한 실행의 기술은 또 없을 것이라 확신했다.

박하수의 골든골 이루기 Tip.

골든골, One Day! One Goal!

골든골을 향해 쏴라

골든골 로드맵을 다시 정리한 시간은 하수에게 기존의 로드맵을 보완할 기회이자, 골든골을 반드시 찾겠다는 각오를 다지는 계기가 되었다.

월요일 출근길, 하수는 집을 나서기 전 현관에 5일 연속 'O' 표시가 새겨진 Challenge 100을 보며 이제는 외고도 남을 오늘의 할 일을 또다시 확인했다. 그리고 어느 때보다 진지하게 골격을 정말로 바꿔보기로 마음을 다잡았다. 집을 나선 하수의 발걸음은 여느 때와 다르게 보무당당했다. 지옥철 안에서도 하수는 마음속에 여전히 묵혀두고 있었던 중소기업에 대한 자신의 고정관념을 가장 먼저 바꿔보겠다는 생각에 빠졌다. 중소기업 직장인인 자신의 위치를 과감히 인정하고 이곳에서 자신의 포지션을 확보하기 위해 어떤 노력이 필요할지 고민했다. 다행히 수습 기간을 포함한 1년이라는 시간이 있었기에 하수는 자신의 포지션을 파악하고 인정하는 데는 저항이 확연히 줄어들었음을 알 수 있었다.

기회는 스스로 만드는 것이다. 생각을 바꾸려는 하수의 마음은 회사에서 누구보다 빠르게 실행에 옮기는 모습으로 드러나기 시작했다. 사무실을 뛰어다니며 심부름꾼을 자처해 평소 긍정적 이미지에 부지런한 이미지까지 더해갔다. 남이 싫어하고 힘들어하는 일도 하수는 아랑곳없이 먼저 하려고 덤볐다. 자신이 힘든 것은 모두가 힘들어하고 하기 싫은 일이다. 하지만 하수는 자신의 부족한 점을 채워줄 배움의 기회로 받아들였다. 그래서 언제, 어디서든, 무엇이든 하수는 거침없이 먼저 달려들었다. 어차피 할 일이라면 내가 스스로 하자는 마음을 먹으니, 일은 일사천리로 술술 풀리는 것만 같았다. 때로는 오지랖이라는 핀잔도 듣기도 하고, 몸도 고되지만, 마음만큼은 예전과 비교할 수 없을 만큼 가벼워졌다. 하수는 정말 기회는 스스로 만드는 것임을 즐겁게 체득해 가고 있다.

그렇게 하수는 그동안 껍데기만 바카스에서 어느덧 그 속까지 바카스처럼 변해가고 있다. 같은 그릇에 무엇을 채우느냐에 따라 달라지듯, 하수의 하루는 쏘아 올릴 골들로 가득하다. 골 하나를 이룰 때마다 골든벨이 가슴을 한 번씩 울리며 숨어있는 위치에 대한 힌트를 주는 것 같아 열정이 가라앉을 겨를이 없다. 이런 열정은 강력한 자석처럼 사람을 끌어당겨 테라급 세상에 대한 외로움과 두려움도 줄어들었다.

하지만 하수는 여기서 안주하고 싶은 마음은 추호도 없다. 골든골이 이제 막 그려지고 있기 때문이다. 성공은 어려운 것을 해내는 것이 아니라 쉬운 것을 계속하는 것이란 걸 알았기 때문인지도 모른다. 오늘도, 내일도 그리고 다음 날도 하수는 골든골을 향해 무한한 똥 볼 차기를 계속할 것이다. 골든골은 스스로 다가오지 않고 자신이 다가가야 한다는 걸 하수는 잘 알기 때문이다. 골든골을 향해 쏴라! 박하수!

여리고 겁 많았던 새끼 고래는 어느덧 우람한 고래가 되어 힘차게 솟구치며 대양의 큰 꿈을 향해 나아가고 있다.

골든골을 위한 하이킥의 법칙

골 때리는 직장인, 박하수를 통해 좌충우돌하는 사회초년생의 일상을 모든 새내기 직장인이 쉽게 공감할 수 있는 이야기로 풀고자 했다. 이는 기존 자기계발서의 다소 진부한 구성을 탈피하고자 한 시도였다. 즉, 기존 성공서나 자기계발서가 다소 딱딱한 전개의 형식이라면, 저자는 이 책에서 쉽게 읽히는 이야기의 구조이면서도 꼭 알아두어야 할 가치 있는 교훈을 던져주며, 실천 행동을 이끌고자 했다.

성공하는 이들은 뭔가가 있다

저자는 성공한 이들은 남과 다른 골 때리는 법칙이 숨겨져 있음을 말하고 있다. 즉, 주인공 박하수와 주변 인물들의 이야기를 통해 '인생은 끝없이 골을 때리는 과정'이라는 점을 전달하고 싶었다. 이를 위해 스포츠용품 전문 중소기업 현장을 마치 삶에서 매일 달리는 트랙이나, 게임의 법칙이 존재하는 그라운드, 인생의 축소판으로 비유했다. 필드에서 방황하는 직장인 박하수가 골 때리는 성공의 법칙을 발견해 나가는 과정을 독자들이 끝까지 따라가도록 재미와 의미를 담아 스토리텔링으로 엮었다.

주인공 박하수는 누구인가?

저자는 자기 고향인 통영의 아름다운 바다와 가족들의 고난과 역경, 그리고 인생의 그라운드에서 뛰고 달리며 살아가는 젊은 직장인의 모습을 우리의 자화상처럼 그려내고자 했다. 또한, 중소기업 직장인인 박하수라는 주인공의 모습을 통해 우리 시대 젊은 직장인들의 아픔과 일상, 그리고 꿈을 위해 도전하는 모습을 진솔하게 담고자 했다.

우리와 닮은 주인공의 이야기

주인공의 모습을 통해 저자가 독자에게 전하고자 하는 메시지는 간명하다. 저자는 주인공의 모습을 통해 독자의 이야기처럼 공감하며 아파하고, 또 이겨내고 다시 달려갈 용기와 위로를 전하고 싶었다. 그래서 책 속의 주인공인 박하수의 일상을 통해 막연히 방황하는 젊은이들에게 끊임없이 삶에 대해 질문을 던진다. 그리고 자신의 꿈을 찾아 헤매는 주인공이 해답을 찾아가는 과정에서 독자 역시 선명히 자기 자신과 마주할 수 있기를 기대했다.

〈똥 볼 새내기의 GOAL 때리는 하이킥〉은 어쩌면 젊은 세대뿐 아니라 오늘을 살아가는 모든 현대인을 위한 이야기다. 골 때리는 사람은 주변에 있을 뿐, 정작 직접 골을 때려 본 사람은 의외로 많지 않다. 선무당이 사람 잡듯, 아는 척, 해본 척 어정쩡한 중간인이 가장 골 때리기 힘든 유형이다. 중간쯤의 지식과 경험이 자기 합리화에는 안성맞춤이기 때문이다. 독자가 중간인인지 아닌지는 가까운 가족이나 지인들에게 골 때리는 방법을 직접 가르쳐 보면 금방 드러난다. 아마도 열에 아홉은 자신의 골부터 찾아 나서는 골 때리는 시작이 될 것이다. 그 시작에 작은 도움이 되고자 부록을 실었다. 모쪼록 이 책을 접한 독자만큼은 꿈과 목표에 관해선 부디 중간인의 경계를 넘어설 수 있기를 소원한다.

저자가 퍼스트 골을 쏘아 올리는데 긍정의 에너지를 불어넣어 주신 프로방스 출판그룹의 조현수 회장님과 식구들. 긴 시간 인내하며 무한한 신뢰를 보내준 아내 이쁜이, 딸 기쁜이, 아들 뿜뿜이. 동생의 밤길을 한결같이 달처럼 밝게 비춰주고 있는 통영 가족들. 언제나 따사로운 햇살처럼 품어주는 영천 가족들. 모든 분께 감사의 마음을 고이 전한다. 끝으로 하늘에서 자식의 앞날을 태양처럼 비추고 계시는 아버지, 어머니께 이 책을 두 손 모아 하늘로 쏘아 올리며 글을 마친다. 사랑합니다.

골든골을 위한 하이킥의 법칙

누구에게나 숨겨진 골은 있다.
골몰해라!
골에도 격이 존재한다.
골격을 갖춰라!
똥 볼도 차다 보면 골이 된다.
골백번 때려라!
골 결정력을 높여야 한다.
함께 골인해라!
골든골을 이룰 수 있을 것이다.

" First Goal is Golden Goal "

-옹골찬 골잡이 / 박 주 광-

부록

First Goal
Training Course

◉과정 취지

☞ 어제와 똑같은 오늘을 살며 새로운 내일을 꿈꾸는 것은 망상이다.
새로운 내일을 꿈꾸려면 어제의 반복을 끊고 오늘을 바꿔야 한다.
실천하지 않는 것은 게으르거나, 방법을 모르기 때문이다.
5시간 안에 GOAL 때리는 방법을 익혀 나답게, 엣지있게 골 때리는
오늘로 바꿔보자.

◉대   상

☞ 나만의 드림 리스트를 갖고 싶은 사람

☞ 나만의 1'st GOAL을 찾고 싶은 사람

☞ GOAL 때리는 방법을 배우고 싶은 사람

◉과정목적

☞ 인생의 GOLDEN GOAL 이루기

◉과정목표

☞ 1'st GOAL 때리기 프로세스 학습

◉기대효과

☞ 골잡이가 될 수 있다는 자기 확신

◉장   소

☞ 몰입이 가능한 공간

◉소요시간

☞ 5일 5시간(1일 1시간 이내)

◉기타문의

☞ edusp@naver.com / 박주광

1교시-Finding

본 과정은 GOAL 때리기 프로세스를 약식으로 빠르게 익힌 후 스스로 GOAL을 찾아 때릴 수 있도록 구성되어 있다. 1교시의 목표는 질보다 양적으로 많은 나만의 GOAL을 찾는 것이다. 찾으면 담아야 내 것이 된다. 그래서 GOAL 때리기의 시작은 머릿속에 맴도는 생각을 잉크로 표현하는 것이다. 구체적으로 표현되면 더없이 좋겠지만, 질보다 양이 우선이니 추상적인 표현, 단답식의 표현, 중복 표현도 무방하다. 단, 제한 시간 이내에 반드시 완료해야 한다. 가공된 '나'가 아니라 본래의 '나'와 마주하려면 심사숙고보다 자연스럽게 떠올리는 것이 좋기 때문이다. 무엇에도 얽매이지 말고 찾아보기 바란다.

제한 시간은 1시간!!

실습 시작!!

1. 나에게 남은 삶이 3일이라면?　　　　　(제한 시간. 10분)

☞ 나는 어떤 사람으로 기억되고 싶은가? (1가지)

☞ 내가 정말 하고 싶은 것은 무엇인가? (1가지)

☞ 내가 꼭 갖고 싶은 것은 무엇인가? (1가지)

·☞ 내가 정말 가보고 싶은 곳은 어디인가? (1가지)

☞ 내가 정말 먹어보고 싶은 것은 무엇인가? (1가지)

2. 나에게 남은 삶이 3개월이라면?   (제한 시간. 20분)

☞ 나는 어떤 사람으로 기억되고 싶은가? (3가지)

☞ 내가 정말 하고 싶은 것은 무엇인가? (3가지)

☞ 내가 꼭 갖고 싶은 것은 무엇인가? (3가지)

☞ 내가 정말 가보고 싶은 곳은 어디인가? (3가지)

☞ 내가 정말 먹어보고 싶은 것은 무엇인가? (3가지)

3. 나에게 남은 삶이 3년이라면?   (제한 시간. 30분)

☞ 나는 어떤 사람으로 기억되고 싶은가? (5가지)

☞ 내가 정말 하고 싶은 것은 무엇인가? (5가지)

☞ 내가 꼭 갖고 싶은 것은 무엇인가? (5가지)

☞ 내가 정말 가보고 싶은 곳은 어디인가? (5가지)

☞ 내가 정말 먹어보고 싶은 것은 무엇인가? (5가지)

2교시-Segmentation

1교시를 충실히 끝냈다면 상당수의 GOAL이 보일 것이다. 2교시의 목표는 1교시를 통해 찾은 GOAL을 나름의 기준으로 분류해 그룹핑하는 것이다. 이는 직장에서 관련 정보를 수집해 보고서를 작성하는 이유와 같다. 한눈에 정보의 맥락을 파악할 수 있어, 검토 단계부터 의사결정까지 소요되는 시간을 줄일 수 있기 때문이다. 이 단계에서 중요한 것은 분류 기준이다. 시간, 인과관계, 가치, 중요도, 가능성 등 다양한 기준 중 하나를 골라 분류할지, 두 개 이상의 기준을 동시에 적용해 묶을지 나름의 기준이 필요하다. 실습은 '책 속에 실린 '육체, 정신, 사회, 가정, 경제' 5가지 영역으로 분류해보기 바란다.

제한 시간은 1시간!!

실습 시작!!

4. 1교시에 작성한 GOAL을 다음 기준표를 이용해 분류한다면?

(제한 시간. 30분)

	GOAL LIST
육체적 목표	
정신적 목표	
사회적 목표	
가정적 목표	
경제적 목표	

5. 앞장에 분류한 GOAL LIST를 달성 기간으로 재분류한다면?

(제한 시간. 30분)

	단기 실현	중기 실현	장기 실현
육체적 목표			
정신적 목표			
사회적 목표			
가정적 목표			
경제적 목표			

3교시-Targeting

2교시 실습으로 당신의 GOAL LIST 영역 정리가 끝났다. 3교시는 그중 어떤 영역의 어떤 GOAL부터 때릴지 우선순위를 정하는 것이 목표다. 즉, 에너지를 집중시킬 표적을 설정하는 것이다. 당신은 2교시 실습 과정에서 자신의 무게중심이 어느 쪽으로 기울어 있는지 가늠했을 것이다. 중심이 당신이 지향하고자 하는 방향이면 비중을 더하고, 반대면 무게를 들어내거나 중심을 옮겨야 한다. 이번 수업이 우선순위 설정을 통해 균형을 맞추는 데 도움을 줄 것이다. 우선순위 설정은 분류된 영역별로 하는 방법과 모든 GOAL을 동시에 하는 방법이 있다. 실습은 전자의 방법으로 2개의 영역만 진행해 보기 바란다.

제한 시간은 1시간!!

실습 시작!!

선택한 영역에 포함된 GOAL LIST의 우선순위를 정한다면?

예시)

<육체적 목표 & 중기 실현> 영역

	복근 만들기	마라톤 완주	종합건강검진	경기권 라이딩 종주
복근 만들기		복근 만들기	종합건강검진	복근 만들기
마라톤 완주	복근 만들기		종합건강검진	경기권 라이딩 종주
종합 건강 검진	종합건강검진	종합건강검진		종합건강검진
경기권 라이딩 종주	복근 만들기	경기권 라이딩 종주	종합건강검진	

결과: 복근 만들기-4 마라톤 완주-0 종합건강검진-6 경기권 라이딩 종주-2

★<육체적 목표 & 중기 실현 영역의 우선순위>★

1위	2위	3위	4위
종합건강검진	복근 만들기	경기권 라이딩 종주	마라톤 완주

6. 내가 선택한 첫 번째 영역에 포함된 GOAL LIST의 우선순위를 정한다면?

(쌍비교법. 제한 시간. 30분)

<   > 영역

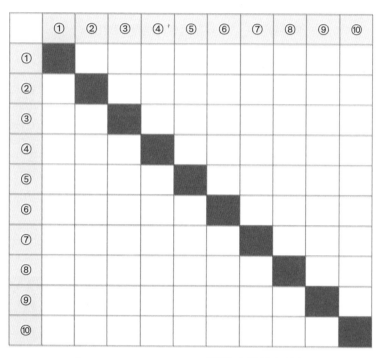

★<   >영역의 우선순위★

1위	2위	3위	4위	5위

6위	7위	8위	9위	10위

7. 내가 선택한 두 번째 영역에 포함된 GOAL LIST의 우선순위를 정한다면?

(쌍비교법. 제한 시간. 30분)

	①	②	③	④	⑤	⑥	⑦	⑧	⑨	⑩
①	■									
②		■								
③			■							
④				■						
⑤					■					
⑥						■				
⑦							■			
⑧								■		
⑨									■	
⑩										■

★<　　　　　　　　　　　>영역의 우선순위★

1위	2위	3위	4위	5위

6위	7위	8위	9위	10위

4교시-Acton Plan

3교시 실습까지 무사히 마친 당신의 노력에 박수를 보낸다. 3교시 실습으로 최소한 이제 당신이 그토록 찾고자 했던 FIRST GOAL이 보일 것이다. 4교시의 목표는 퍼스트 골을 매일매일 손쉽게 때리기 위해 잘게 쪼개는 것이다. 퍼스트 골을 위해 할 일을 실행하는데 매일 2~3시간을 투자하는 것은 중도 포기를 예상한 무의미한 계획과 다를 바 없다. 오히려 1시간 이내에 10개의 할 일을 실행할 수 있는 계획이 훨씬 더 현실적이다. 나아가 구체적인 시간, 장소, 달성 기준까지 설정한다면 습관화로 직행할 수 있다. 실습은 우선순위 1~3위의 GOAL로 하되, 실행 내용은 모두 1시간 이내에 끝낼 수 있는 구체적인 계획을 세워보기를 바란다.

제한 시간은 1시간!!

실습 시작!!

8. 우선순위 1, 2, 3위 GOAL의 구체적 실행계획을 아래 표로 만들어 주세요.

(제한 시간. 60분)

	실행 내용	달성 기준	실행 장소	소요시간
1st GOAL				
2nd GOAL				
3rd GOAL				

5교시-Just Do It

드디어 GOAL 때리기 마지막 수업이다. 5시간 동안 수업에 몰입해 준 당신에게 아낌없는 박수를 보낸다. 시작이 반이라면 나머지 반은 마무리다. 5교시 훈련의 목표는 퍼스트 골을 위해 매일 해야 할 일을 지속하는 데 있다. 5교시에는 당신의 뇌에 선명하게 새겨야 할 것이 있다. 하루 건, 열흘이 건 중도 포기하면 GOAL은 빛을 잃는다는 것이다. GOAL이 스스로 찬란한 빛을 낼 수 있는 하늘에 도착할 때까지 꾸준히 쏘아 올려야 한다. 방법은 하나뿐이다. 지금 당장, 무조건 실행하는 것이다. 60분 이내 4교시에 1~3번째 목표의 할 일을 실행한 후 각각 1일 차에 선명하게 'O'를 새겨보기를 바란다. 확신하건대 골 때리는 내일이 시작될 것이다.

제한 시간은 1시간!!

실습 시작!!

9. 오늘의 할 일(실행 내용)을 제한 시간 내 완료 후 'O' 표기를 해주세요.

(제한 시간. 60분)

	1st GOAL			2nd GOAL			3rd GOAL		
	할 일 1-1	할 일 1-2	할 일 1-3	할 일 2-1	할 일 2-2	할 일 2-3	할 일 3-1	할 일 3-2	할 일 3-3
1일 차	O	O	O	O	O	O	O	O	O
2일 차									
3일 차									
4일 차									
5일 차									
6일 차									
7일 차									
8일 차									
9일 차									
10일 차									
보상									
...									

수 료 증

성 명:
과정명 : First Goal Training Course
기 간 : 20 년 월 일 ~ 20 년 월 일

위 사람은
First Goal Training Course를 성실히 수행하였기에
이 수료증을 수여합니다.

20 년 월 일

SUCCESS PARTNER 대표 박 주 광

---

* 1~5교시 실습 완료 후 실습지 사본을 e-mail로 보내주시면 수료증 원본을
  보내드립니다. <edusp@naver.com>

똥 볼 새내기의 GOAL 때리는 하이킥

초판인쇄	2023년 8월 17일
초판발행	2023년 8월 23일

지은이	박주광
발행인	조현수
펴낸곳	도서출판 더로드
기획	조용재
마케팅	최관호 최문섭
편집	이승득
디자인	호기심고양이

주소	경기도 고양시 일산동구 백석2동 1301-2
	넥스빌오피스텔 704호
전화	031-925-5366~7
팩스	031-925-5368
이메일	provence70@naver.com
등록번호	제2015-000135호
등록	2015년 06월 18일

정가 16,800원
ISBN 979-11-6338-399-4 03810